GAEA

Gaea

案簿錄 壹
殺意
さつい。
護玄——著

殺意 案簿錄 壹

目錄

人物介紹

虞因
大學生，有自然捲，髮色大多時間是褐色的(萬年染色款)。性格愛玩有點衝動，經常和同學出入夜店與夜遊，不過遇到正事時又很沉得住氣。有陰陽眼。
少荻聿
高中生，黑直髮紫色眼睛。皮膚白皙，有外國血統。因為家裡發生滅門慘劇受到很大打擊，變得不願/不能說話，但是個性細心，在語言方面很有才華。

虞夏
虞佟的雙生兄弟，阿因的二爸。警員，脾氣非常暴躁但辦事效率極佳，指著他叫小鬼必定會被揍。目前在刑事組任職，幾乎整年都在跑現場查案。
虞佟
阿因的父親。警員，黑髮娃娃臉(有著高中生般的面孔)脾氣非常溫和，擅長烹飪，因為曾經重大車禍關係所以視力衰弱。
嚴司
撈過界的法醫，暫時到本市警局支援法醫工作。興趣是遊玩人間，不過經常加班趕工沒得玩。

「學長。」

他猛一回頭，看見女性笑吟吟地走進教室，漂亮的面孔一如往常招來許多人的目光，但卻不全都是驚艷，大多人掃了一眼之後立刻轉開。

「學妹，眞難得妳會專程來找我啊。」看著小自己一屆的女性，他也回以笑容。

「嗯啊，你今天晚上有沒有空啊，賴學長想找你聊天呦。」

似笑非笑地評估著這個邀約，他聳聳肩，「只有我嗎？」

「還有其他幾個人啊，趙學長他們也會來，大概有十一、二個人喔，要在宿舍樓頂烤肉。等等我要去買一些飲料和酒，嚴學長要來嗎？另外那位法學院黎學長要不要一起來呢？」揹著手，女性像朵綻開的花般笑得燦爛。

「我室友昨天去參加山頂放生自強活動了，一個星期後才回來。」

想了想，眼前的女性好像也正在等他的回覆，笑笑地站在原地，似乎沒有離開的打算，

「好吧，我和同學做完報告之後過去。」看樣子不答應，對方好像就真的不走，反正晚上也沒有其他活動，而且自己認識的朋友也會去，所以他還是答應了。

「那就等你來囉。」

□

一輛機車險險地從路人身邊擦過。

「要死了！路你家開的喔！」

差點被違規騎上人行道的機車撞到的中年男子朝著揚長而去的騎士罵了句，忿忿地向一旁叫貨的店家抱怨，「越來越不像話，差點撞到人也不會道歉。」

「現在的人都這樣啊，自己要小心點。」穿著早餐店制式圍裙的老闆笑笑地緩和氣氛，「前幾天我阿母也是，要過個斑馬線還被一個年輕人撞到，結果對方看只是擦傷，機車連停都沒停就這樣跑了，現在的人喔……」

「沒啥規矩，我們卡早的人還比較有道理。」

「是啦，現在社會也比較亂。」老闆清點箱子裡的貨物，順便結算上個月的貨款，「你們在外送貨來來去去也要小心點。」

「唉，討生活都一樣啦，現在連早餐店都有人要搶。」

老闆想了想覺得好像也是，兩人笑了一下，繼續清帳。

「欸，你的車鎖了沒？」就在老闆抬起頭時，不經意看見門口小貨車旁好像有人正探頭探腦的，連忙提醒對方。

「靠么，上禮拜才被偷過。」

說著，男子氣沖沖地跑出店驅趕那個在他車旁的人，然後又走了回來，「前幾天被偷了好幾箱飲料，氣死人了。」

「哈哈，人平安最重要。」

「是啊、是啊。」

就像他們最熟悉的平常，拋開了剛剛的不愉快後，又開始聊起新的話題。

如同每天。

今年的天氣實在很不對勁。

不管是不怎麼冷的冬天，還是根本沒打過幾次雷的春天，還有頻繁的地震海嘯……雖然很想這樣講，但更想咒罵的是依然高溫的今天。

他看著層層棟棟大樓之上的太陽，打從心底問候起那個古代的后羿，射太陽幹嘛不把最後一顆太陽射成重傷，起碼現在不至於會這麼熱！

啊啊，早知道今天乾脆泡在家裡好了，何必自己找事做出來逛街買衣服……要不是因爲最後一件能見人的襯衫兩天前爛了，他才不會在這種大熱天出來咧。

想到前幾天的事，嚴司聳聳肩，斜了眼手上的繃帶，再度懶洋洋地繼續往前走。

中部不像北部有充滿冷氣的地下街，可以煎荷包蛋的馬路倒是不少，路上的行人看起來也都比平常還要浮躁，剛剛似乎還看到有人發生衝突。

早知道就去騷擾前室友，要他開車出來一起逛了，至少車上也有冷氣……

「幹！」

就在嚴司整個熱到恍神，決定先拐進隨便一家百貨公司的同時，某句非常有力的髒話飆進他的耳裡，有力到附近其他行人也把視線都轉向了聲音來源處——

對街那兒有群人似乎起了爭執。

本來照理說這種狀況嚴司會閃遠遠地看熱鬧，等到血氣方剛的青少年打到自己的血和氣放得差不多時，再幫他們報警叫救護車；若是會出人命的那種，在出人命之前會先去制止，但顯然這次他什麼都不用做，因爲他還沒閃遠，糾紛就已經解決了。

扠著手的漂亮女孩鄙視地看著倒在地上的五、六個青少年，在眾人不敢置信的瞪視下，劈里啪啦就是連串的髒話爆出：「目小啊恁這群目珠塞在屁股的白目，當作恁祖媽是女的就好欺負嗎！恁是眼睛欠洗沒人挖是不是！信不信恁祖媽直接幫恁挖出來塗壁！嗄！」

不是女性就好欺負。

嚴司非常認同這點，尤其是那個女的到目前爲止還在倒追警察不手軟。

大概已用皮肉痛體驗到這點的青少年躺在地上哀哀叫了半晌，也沒路人敢靠過去幫忙，所以很快就各自抱著被痛揍的身體鼠竄逃逸了。

「幹！最好保佑不要再給老娘看到，不然看一次打一次，欠教訓！下次再讓老娘堵到搶東西，就搿人打斷你們的手腳灌水泥沉台中港！」女孩對那些狼狽逃走的青少年又吼了幾句，才彎腰不知在地上撿了什麼，接著走到一旁的商店前，將東西遞給一直站在那兒的另一位女性，放低了聲音不知說了幾句什麼，後者接過東西連忙彎腰鞠躬，頻頻道謝。

看到這裡，嚴司大概可以猜出發生了什麼事。那些被揍的小孩年紀不大，比被圍毆的同學還小了點，看起來應該是國、高中生的組合，很可能是因爲泡網咖還是怎樣而缺錢花用，才結伴搶劫，這已不是什麼新聞了，只是他們今天比較倒楣，正好被對面那女孩抓個正著。

不過這種場景，換成他家老大說不定做法也差不多，照樣把人打個半死，不過他家老大後續的處理方式比較不一樣，會把人綑了拖回警局叫父母來領，順便對父母嚴厲訓話。

這時，就可能發生許多種狀況，例如有白目父母又以爲他是菜鳥員警而回嗆他，或是有人直接叫立委議員來處理；再不然就是哭訴他家小孩很乖不可能做這種事，一定是哪裡有誤會之類的；還有一種就是打電話叫記者，控訴警察使用暴力打小孩等等。

……他有時眞的覺得他家老大如此有毅力地堅守崗位眞是很了不起的事，然後，老大背後的上司主任更了不起，竟然還可以讓老大繼續保有工作。

等等乾脆買個點心過去慰勞他們順便聽八卦好了。

就在嚴司好笑地這樣想的同時，對街的女性似乎也道完謝，好像向女孩提議了什麼，也許是要請她喝飲料還是吃東西的答謝邀約吧，女孩聽完搖搖頭，很豪氣地回了句「小意思，沒什麼好謝的，以後再遇到可以打電話給她或警察，她會去把那些人沉掉」……之類的話。

大致上兩人又糾纏了幾分鐘，女性才千謝萬謝地離開了。

等到女性在轉角消失之後，嚴司才快步違規穿越馬路，叫住打算準備離開的女孩：「小海妹妹！」

女孩停下腳步，左右看了看，最後回過頭迎上了叫住她的人，「是你喔，眞巧啊，老娘正在想沒事要不要去找條杯杯說。」

嚴司笑了笑，「佟和老大這兩天很忙，妳要不要等他們比較鬆再去啊，不然現在會被媒體盯喔。」

女孩——方曉海冷笑了聲：「老娘就是過去幫他們打障礙的不行嗎？」她當然也知道這兩天警局外圍了一層記者，問題是有道德的記者不多，大部分都是去胡亂報的，這兩天看報紙看到想撕報紙的她還能不知道嗎？

「妳打進去大概會被報得更大條吧。」嚴司指了指一旁的飲料店，也不用他明講，小海很有默契地和他一起走進了可以暫時吹冷氣與喝東西的店家。「我都已經出來避風頭了，別再讓老大他們爆炸啦。」

「知啦，老娘又不是啥都不懂的白痴。」搧搧手，當然知道狀況的小海嘖了聲，翻了下桌上的目錄，隨便點了杯冰沙就把目錄還給服務員。

相較起來，很優雅看完全部目錄後的嚴司點了茶飲，還順便多叫了小點心。

一開始就注意到眼前法醫的左手纏著刺眼的紗布，從報章媒體和自家小弟那邊知道消息的小海，也曉得對方受傷的原因，「你那個傷有沒有怎樣？」

「喔，承蒙擔心，已經沒事了，只縫了幾針，休息一陣子就會痊癒。」嚴司晃了下手，笑笑地回答，「不過因公受傷，我這整個禮拜都休假，眞好賺。想想之前已經三天沒睡覺了，眞是讓人感動啊。」他現在的工作丟給了臨時受託的學弟頂替，所以完全不用擔心。

小海點點頭，沒再多問。

然後，店員端來了飲料與點心，輕輕地放下後又離開了。

窗外的天氣，依舊很炎熱。

□

這是發生在幾天前的事。

嚴司接到通知時，正好在朋友的餐廳裡咬著對方特製的點心，順便閒嗑牙，周邊全是以前學校的同學和學長、學弟，店內氣氛熱鬧非凡。

好不容易熬到大學畢業後，所有人就各分西東了，實習和考試通過、拿到正式執照後，嚴司安排了國外進修，不久前才回到台灣。

這次的聚會是由餐廳主人召集，因爲大家平常都各忙各的，好不容易才湊到一個大家都休假的時間，幾個在中部工作的學長、學弟全應邀而來，然而他的手機就這樣煞風景地響了起來。

「你今天不是放假嗎？」坐在對面的友人兼老闆挑起眉，歪著頭詢問：「小黎找？」

「嗯啊，說剛好有案子，看我如果有空等等就過去一下，想轉給我接。」嚴司收起手機，連忙把桌上的茶喝光，「難得有假放說，最近事多，想放個長假都沒辦法啊，唉唉。」

「啊哈哈，大家都一樣啦，你看你陳學長做婦產科的也沒有輕鬆到哪裡啊。雖說現在生小孩的少，但有婦女病的人變多，照樣忙得團團轉。」搭著他的肩膀，大他一屆的學長趙駿希指著對面的人這樣笑著，接著抬起自己纏著彈性繃帶的雙手：「別說我這個復健的，一個沒弄好還變成職業傷害，現在巴不得都丟給實習生，自己少累一點。」

「大家都有自己的忙處啊。」搖頭笑了笑，餐廳主人——楊德丞順手收走了學長們的空酒杯，「阿司，你有開車嗎？還是我載你過去？」

「我自己過去就可以了，車子在外面，我看你比較需要叫幾輛計程車來把這些醉鬼載回家。」看著大白天就在店裡喝醉的一干醫護工作人員，嚴司好笑地說。雖然難得大家放假聚會，但是也放太鬆了一點。

「放心，我會把他們全部踢出去自生自滅的。」

楊德丞的話引起了一陣騷動，幾個學長直接壓著店主修理。

繞開了騷動區，剛剛指著別人的趙駿希拉了下正要中途離開的嚴司，「你知不知道賴長安在找你？」

「長安學長？」乍聽到這個人名時，嚴司有點意外，隨即搖搖頭，「沒有喔，長安學長找我幹嘛？」

「這個我就不知道了，好像是他看新聞知道你在中部工作，大概上個月時打過電話問了幾個人，似乎也有找到德丞這邊來，我們全都推說不曉得。」趙駿希看了眼還被壓著轉頭的店主，神祕兮兮地低聲說：「這兩年你人不在國內，所以有些事你不知道……我想你在警察那邊稍微查一下就會曉得，如果賴長安真的找上門，盡量不要跟他打交道就是。」

「喔喔，感謝學長的提醒。」心裡稍微思考了下，嚴司還是笑笑的，「那悲哀的學弟我就先去做臨時工了，如果趕得上晚上攤，大家再繼續聊囉。」他聽說晚上還有另一批人會過來，可慘了要招待兩場的楊德丞，他還有自知之明地讓餐廳今日公休，整間店都給他們這些人用了。

「晚上可以帶小黎來啊，我看你其他學長姊搞不好都還滿想找他敘舊的。」

「ＯＫ。」

□

從餐廳出來，聯絡工作室的人幫自己拿工具過來後，嚴司便直接開車到前室友告訴他的事件現場，其實那裡和餐廳有點距離，嚴司到達時已過了二十分鐘。

因為遲了點，現場封鎖線已經拉起，記者也都來了，鎂光燈閃個不停，他們被員警隔擋在外，幾個試圖闖入的則被驅逐。

大概又是不知道規矩，或是假裝不知道的傢伙。

看著最近也很亂的媒體，嚴司搖搖頭，根本懶得再批評這些只要勁辣話題、不顧真實性和人權的報導製造者。

拜某傢伙之前亂造謠所賜，最近虞夏被搞得氣壓超級低，害他都不敢去玩雙胞胎兄弟，平常只是皮肉痛就算了，最近去大概會連皮都被撕下來。

事情的起源是不知道哪家的白痴菜鳥，在虞夏負責的重大刑案裡獨家報導「警局竟將案件交給無經驗年輕員警」，上面還貼了他的照片，一貫的T恤加牛仔褲，還特別標了剛出警校等資訊大書特書。

對方大概是透過關係查了新人的名單，報導上的員警確有其人沒錯，畢業年份、年齡也沒錯，但照片卻貼成了虞夏的，還把虞夏當作那個新人，煞有其事地分析起警方處理草率等等負面消息。

這種烏龍照理來說根本不可能會發生，但偏偏就是發生了。據說在工作區看見的那秒，虞夏就直接把報紙給撕成了碎片……基本上，嚴司猜想，虞夏應該更想去把那隻菜鳥也撕成碎片。

那隻菜鳥的編輯後來致函道歉，說新聞稿要發時他們只看到文字部分，那張照片是送印前才補的，如果有看到相片肯定不會發出去，以後會更謹慎發稿。

結果那隻菜鳥不承認錯誤就算了，還硬在部落格發文說就是因爲警界最近風氣不好，無法讓人信服，才會讓他把「資深」員警誤當成新人……「資深」還特別用黑體字標出來。

於是這件事引起了一波討論，虞夏還首當其衝地被上司特別告誡最近能有多低調就多低調，不要再讓別人抓到把柄了，特技抓犯人也一律全部禁止。

所以虞夏最近氣壓很低，低到連他自己的雙胞胎兄弟都盡量不太叮嚀他注意安全，帶出去辦案的小隊也意外地安分，大家都不敢鬧了。

懷著種種想法，嚴司接過手套、帽子和自己的提箱踏入現場後，才發現黎子泓已到了。

「大白天就喝酒？」看了他一眼，近距離嗅到酒味的黎子泓微挑起眉，「自己開車？」

「才沒有，是學長他們在喝，晚上那攤一定會更誇張。」嚴司下意識抬起手臂聞了聞，果然有點酒味，心想著大概是染過來的，剛剛好像還有人不小心把酒灑在他身上，「晚上有空要不要一起過去啊？學長他們還指名說要找你喔。」

黎子泓無奈地搖頭，「這案子，我想連明晚都脫不了身。」

「看來我大概也要PASS了，眞是沒辦法……是說你也來得太快了吧，不是才剛通電話沒多久，難道最近馬路上有高鐵嗎？」算了一下時間，這個比他更忙的前室友應該要比他晚到才對啊，不管是法醫還是檢察官都不是負責封鎖管制現場的，更別說還第一個到達。

「剛好在附近處理一些事，所以接到電話就直接過來。」很習慣對方先廢話一段的黎子泓淡淡地說了句：「先過來看看吧。」

這是一處民宅，與附近建築差不多，三層樓，四樓是鐵皮加蓋的違建；進來之後發現一樓擺放許多飲料，有些甚至疊得比人高了，幾個穿梭其內的員警經過時小心翼翼的，就怕不小心撞到垮下來——屋子裡已經垮了不少，相當地凌亂。

嚴司在路上已經透過手機從同事那知道屋主的職業是飲料中盤批發，和飲料工廠合作批貨，再運給附近地區的飲料店、早餐店等。

躺在房屋中間的屍體，正好就是這棟房子的屋主。

男性，四十三歲，一百六十八公分，身材中等。

晚回來的妻女站在外面接受警方詢問，她們上午約十一點出門去看電影，男主人送貨一輪回來通常已是下午兩、三點，這段時間家裡沒人；附近鄰居也沒發現任何異樣或爭吵，直到大約三點半時聽見了飲料箱倒塌發出巨大的聲響而來查看，才發現屋主已經死了，急忙聯絡地方員警，約十分鐘後死者的妻女同時返家。

嚴司看了眼手錶，現在是下午四點十七分。

「出血量很大。」嚴司蹲在一旁，把已經開始僵硬的屍體微微扳側，大致上檢視了屍體的狀況和附近環境，「致命傷在後面，傷口看起來是尖銳刀器造成，看樣子先是頸椎一刀，這邊的傷口比較直接俐落；接著頸動脈一刀，這邊的痕跡看起來就有點拉動，而且手上也有相應的抵抗刀痕，死前創傷，對方手法很熟練。看這個出血量和才剛要形成的屍斑，應該是這兩小時內發生的事。」

「現場凌亂，似乎是搏鬥碰撞過的痕跡，但是根據鄰居口述並沒有聽見爭吵。」黎子泓這樣告訴晚到的友人，比了比自己周遭那些倒得亂七八糟的飲料箱，有的根本已經爆開了，滾了一地的飲料、牛奶等，「死者身上的現金都不見了，剛剛死者妻子和女兒表示屋主並沒有與人結怨，所以不排除是強盜殺人。」

「搏鬥碰撞嗎……？」嚴司歪著頭，翻了翻死者的衣服，卻沒看見碰撞可能形成的瘀青擦傷。正要繼續下一個步驟時，他聽到外面有些騷動，一轉頭便看見臭著張臉的虞夏拉起封鎖線進到屋裡。

「外面那群傢伙居然問我上次被誤認有什麼感想。」虞夏蹲到屍體旁，咬牙切齒地向嚴司開口：「在死亡現場問我被當成新進菜鳥有什麼感覺！那些人到底有沒有腦子啊！」

「……你就說『我都是用嵩山牌珍珠粉停留歲月光華，讓人天天都十八，現在搶先訂購前十名還有九五折優惠』就好了。」

虞夏沒有在現場毆打法醫是因為一旁的檢察官即時阻止了他。黎子泓一邊警告性地瞪了嚴司，一邊帶著員警先到旁邊了解其他狀況，把屍體丟給對方。

大致上把屍體翻過一輪並加以記錄之後，嚴司將屍體轉交給工作小組，讓他們轉移到工作室。

這時虞夏和黎子泓也大概走了一圈回來，鑑識人員亦蒐集了不少物品。

屋裡其實不太好走，到處都是倒塌掀翻的箱子和飲料罐，幾乎可以用寸步難行來形容。除了濃濃的血腥味，還有某種不像飲料的香甜氣味，他翻了一下，除了飲料，看來這家人還兼做零食、小麵包點心的批發，部分是封裝果醬麵包之類的，所以才有那種甜味。

室內悶熱，雖然開著空調，但是因爲現場開了門窗大家進進出出的，空調根本沒作用。看他們幾個停下後，不遠處的玖深靠上來，「我覺得這些箱子和飲料是死者死後才倒的。」

「喔？」環顧著亂到不行的空間，虞夏看著鑑識員警。

「箱子或飲料罐上都沒有血跡噴濺的情形。」玖深指著那些物品這樣告訴他：「血液是被壓在箱子和罐子底下的，所以是人先倒，箱子才倒，而且還很小心地沒有壓到死者。」他跟自家組長等人一來就注意到了，因爲箱子很乾淨。

「知道了，你繼續忙吧。」所以箱子是刻意推倒來布置現場的嗎……虞夏往一旁看，最右側有通往上層的樓梯，應該就是屋主平常的住處，「我上去看看。」

地方派出所員警到達後應該曾稍微查看，不過現場是在一樓，所以人員也全都集中在一樓封鎖現場，樓上較沒人，等人員空閒再上去採樣。

和女屋主打過招呼後，虞夏正打算上樓時，陪同檢察官查驗屍體的嚴司突然蹦了過來，「老大，我跟你上去一下。」

「你沒事幹嗎？」虞夏斜了一眼旁邊這個沒點正經的傢伙，把視線定在對方還沾著血的手套上，臉上赤裸寫著「如果摸到他的衣服，就會當場讓對方變成第二具死屍」。

「結束啦，所以現在眞的沒事幹，屍體也要轉移了咩，剩下的回去才要繼續。」接收到對方的警告，嚴司笑嘻嘻地換掉手套，拋給附近的員警之後又接了雙新的，「我想借他們的廚房看看。」

「廚房？」走在前頭的虞夏撿開了礙路的高跟鞋。

「就凶器咩，你懂的。」嚴司跟著邊爬邊說：「我看傷口的樣子，覺得頗像一般家庭用的菜刀，在等待屍體送回交接的這時候，我就順路看看附近有沒有類似的刀具囉，有的話就叫玖深小弟拿個樣本回去比對。」

聽著對方的解釋，虞夏點點頭表示明白。

上了二樓後，安靜了許多。

虞夏和樓梯口旁的員警打了聲招呼，收到無異常的回報後，讓對方先下樓處理其他事。

就和一樓一樣，這裡一點問題也沒有。二樓分別是客廳和廚房，轉角有間房，再上去的三樓聽說都是房間，加蓋的頂樓則是神明廳和晾衣服的陽台。

看著虞夏二樓晃了一圈後又繼續往上走，嚴司這次就沒跟上去了，而是轉向廚房。

和他預料的一樣，是間平常不過的小廚房，小到讓他覺得虞夏他家的廚房舒適多了，裡面堆了一些架子，所以兩人以上進入就有點勉強了。

廚房窗戶外就是狹窄的防火巷，不過因爲這一帶房子都違建，所以防火巷基本上並沒有實際作用，也幾乎被遮雨棚、雜物之類的塡滿了。如果發生火災，消防隊看到這種情況可能就會哀號了。

嚴司打開櫃子，點算著排列在門上的廚刀，發現似乎眞的少了一把最常見的切肉刀，不過也可能收在別的位置……

關上櫃門，正想找找其他地方是否有符合的刀具時，他突然注意到緊閉的窗戶外好像有影子晃了一下。

記得剛剛在一樓看到的是水泥陽台，外面應該沒有什麼東西才對。

嚴司雖這樣想，不過也不介意開個窗透透氣，因爲樓下的血腥味重到連這裡都聞得到。

於是，嚴司懶洋洋地推開那扇窗。

接著，他看到一顆滿頭滿臉都是血的人頭出現在窗戶下，已經半乾的血液凝結在那張看不出原本面貌的人臉上，異常地詭異。

嚴司完全沒預想到犯人竟然會大膽留在現場的可能性，頭一次碰到這種事的嚴司瞬間嚇了一大跳，差點把人家家裡的窗戶給撞下來；不過嚇歸嚇，反射動作還是照做，在對方準備轉身逃逸前，他也不知道自己幹嘛手賤一把就扭住對方的領子，用很大的力氣硬是把人給往內拖。

如果讓這種人逃到其他住家就慘了，嚴司當時只有這種想法。

瞄到窗框外還有血跡，嚴司在對方還沒回過神時一拳打去，阻止他逃走的動作。

對方大概沒想到會被突然拽住，顯然也愣了幾秒，在遭到攻擊後終於回神，開始與嚴司拉扯，一裡一外僵持著，把本來就不大的窗戶撞得不斷發出巨響，在二樓迴盪。

「阿司，你在幹什麼呀！」伴著快速的腳步聲，本來在樓上察看的虞夏吼著，然後從四樓衝了下來。

「抓嫌犯啦！」嚴司同樣以喊叫回應，更用力地扯著對方，然後閃避對方的攻擊。接著，他聽到樓上樓下好像是注意到他們這邊的動靜而有了騷動。

這些事就結束在他的左手傳來劇痛的同時。

最快到達的虞夏看見嚴司鬆開手，卡在外頭的那人突然對屋裡的法醫露出冷笑後立刻轉頭逃離。他想也不想就跟著鑽出去，發現嫌疑犯相當狡猾且手腳俐落，一下子就已經翻過陽台竄出很遠了。

「最近的犯人到底都是去哪裡學爬牆壁的啊！」虞夏罵了句，然後夾著無線電就跟著追了上去。

如果警局裡常常都有如老大這種嵩山弟子，那最近小偷、強盜和蜘蛛人沒兩樣也是可以理解的。

看著虞夏很快地就消失在幾個轉折後的防火巷某處，嚴司還是有點緊張，很快地有小組人員衝出去跟著指揮包抄，如果沒意外，應該可以順利逮到那傢伙才對。

他一轉頭，便看見隨後上來兩、三個認識的員警很緊張地靠了過來，「樓下的記者注意到了。」其中一個用一副大禍臨頭的表情告訴他。

凶嫌居然沒有離開命案現場，反而躲在外面，更慘的是竟然在一大堆媒體還在的時候冒出來並且逃逸，這麼戲劇性的事好死不死就降臨在他們處理的案子上。

雖然防火巷裡沒有記者，也沒被拍到什麼，但光是剛剛那些騷動，今天的晚報和晚間新聞就有得瞧了。

只是員警想不透，爲什麼那麼顯眼的嫌犯躲在外面那麼久，會完全沒有人發現？起碼周遭鄰居因爲好事打開窗戶探看時，應該也會注意到吧？

難道是先躲在其他地方才又折返？

「你們快點再去把房子清查一遍，然後找玖深小弟上來這邊，剛剛那傢伙在外面絕對有留下什麼痕跡。」嚴司催促著那幾個員警，一抬頭，就看見他前室友臉色很難看地走過來，「呦，我今天去簽樂透搞不好會中。」竟然開個窗都能直擊犯人，這眞是太好運了，運氣好到都想放鞭炮了。

「別開玩笑了。」黎子泓的臉色不只是難看，還整個是鐵青到了極點，接著轉頭抓住一個正要離開的員警，「馬上叫救護車。」

被對方一嚷，嚴司才整個鬆懈了下來，接著發現從剛剛開始左手就痛到不行。他抬起手，才看見整條袖子都已經浸染了血水，還有那道直接橫在他手臂上、非常深長的紅色血口，雖沒有傷到重要血管，但出血量也很大，一滴滴地落在地板上，看起來怵目驚心。

「目測約十公分。」他很冷靜地看著利刃傷，正想從口袋裡拉出捲尺先做個記錄。

黎子泓覺得自己差點沒一口血吐出來，壓抑著一拳揍過去的衝動，極快地翻找了一下廚房，找到了未拆封的抹布和塑膠袋後，快速地先幫還在檢視傷口的某法醫加壓止血，接著注意到對方的手上還有滿嚴重的抓傷和不少瘀青，臉上也有碰撞的痕跡。

「眞難得有這種近距離搏鬥的機會……還好我的職業不是和活人對毆，不然大概上任沒幾天就掛了。」嚴司咋著舌，也是現在才發現自己的慘樣，剛剛只顧著要抓人，現在一鬆懈後兩條手臂都痛了起來。

黎子泓完全無視對方的瞎扯，在快速止血後，救護車的警笛聲也響起。他拖著還想等虞夏回來的某法醫下樓，在一堆員警驚愕的目光中將人丟給救護人員，他指示員警排開擁上來的記者，一句話都不想說。

太糟糕了。

□

「結果不是到現在都沒抓到人嗎？」

抓了一塊點心，這幾天也在關注這件事的小海將食物拋進嘴裡，非常豪邁地咬著，「條杯杯二號讓對方給跑了，結果被寫得不怎麼好聽啊。」

那天沒追上嫌犯的虞夏只帶回斷了一部分的凶刀。正如嚴司的猜測，經過女屋主指認後，那的確是他們平常使用的菜刀，而且和屍體傷痕一比對發現就是凶器，斷掉的前端甚至還卡在死者頸椎裡。

然後，當晚的新聞報導就是「治安亮起紅燈、法醫光天化日下遭嫌犯伏擊殺傷，警方辦案無能」。

「嫌犯的身手眞的很好。」嚴司看著自己左手的繃帶，現在一移動還是會隱隱作痛，幸好沒有傷到筋骨，只是比較嚴重的皮肉傷。反正自己也不靠臉吃飯，所以臉花一陣子也不是問題。不然，他的前室友就會從現在一個頭兩個大變成一個頭四個大了，「逃超快的，居然在老大眼皮子底下逃了，肯定有練過。」他完全可以預想得到，那傢伙要是被抓到，肯定會被先痛扁一頓，他要記得把相機隨時充好電才行。

「說眞的，老娘有叫小弟去探探，但不是我們這路的人。」小海聳聳肩，第一時間就靠關係去查過了。嫌犯逃離後，警方便根據在場目擊者和虞夏、嚴司的描述，繪製了嫌犯的大概輪廓與身形特徵，所以她本來心想如果查到可以藉機討好虞佟，可是兩、三天下來也查不到顆蛋，看來並不是這路人物。

「小海妹妹，妳還眞有心啊。」竟然先跑去查了，嚴司用毛細孔想都知道對方想幹嘛，肯定是抓到犯人後最好還插個幾百朵玫瑰，當作禮物直接送給雙胞胎的哥哥。

有人如此追求，還眞不知道算不算三生有幸啊？

「警民合作是應該的咩，老娘可是優良國民。」完全不否認對方的揶揄，小海一點也不客氣地說道。

「的確是很優良。」把犯人插花送警察，這年頭的警民合作眞的很有創意。

嚴司完全可以想像到當虞佟看到犯人時，那個表情會有多無奈。

「嘿嘿。」小海把對方的話當作稱讚，露出了爽快的笑容。

「對了，小海妹妹，妳在外面混這麼久了，有遇過第一次就要妳死的人嗎？」看著女孩讓人舒服的爽朗笑容，嚴司的心情也跟著不斷提升到大好。

小海歪著頭，抓抓下巴，「也不是沒有，不過這種人很少耶，就算出去幹架，沒打到失去理智的話通常都會節制。老娘也才遇過幾次，其中一次就是跟阿因掉到海裡的那傢伙。」最近讓她印象比較深刻就是那一個了，還伴隨著她的初吻這樣去了。

「那個算是例外啦，我是指那種才剛見面、沒有深仇大恨或目的就想直接殺妳。」完全知道對方想到哪邊去，嚴司揮揮手，讓她回魂。

「如果是那種，一個。」小海豎起一根漂亮的指頭，認真地回答：「在路上擦身而過，突然拔出刀子要殺老娘，大概是高二還沒休學時的事情了。」然後她第一個反應就是踹了對方的蛋，側身奪刀，接著反抓對方的手腕直接打斷。

現在想想，小海覺得自己學生時代還真純良，只這樣處理就交給警察了，如果是現在的自己，應該會把對方掛到工地大樓頂樓，讓他永遠記得欺負小孩會遭報應。

「老娘記得後來警察到學校說那個是突發犯罪，好像是被女人甩又被騙了幾百萬，所以在路上找目標發洩，沒有什麼特別理由針對老娘。」

那個人大概沒想到反而會被打到像豬頭一樣吧。

就算是幾年前的事，嚴司也不認爲女孩會輕易放過對方，反而覺得那個犯人有點可憐。

「你最近有遇到？」小海挑起眉，疑惑地反問：「小心點，那種人最好不要再遇到，如果眞的碰上也可以找老娘幫忙，老娘辦法多得是，不會讓你們這些人難做。」

「啊哈哈，我會先找虞夏老大啦。」若是找她那個犯人大概會變成消波塊吧！他可沒忘記剛剛女孩教訓那些小孩子罵的是什麼。

「隨便啦。」看他似乎也不像曾碰到的樣子，小海聳聳肩，也不打算繼續追問。

「是說小海妹妹，剛剛妳打的那幾個是幹啥的啊？」既然都已經坐下來，嚴司也不介意多聊一會兒，反正這個女孩滿有趣的，對她的印象還算不錯，即使兩人僅只見過幾次面，不算熟識，但對方的豁達個性還滿讓人有好感的。

「喔，大概是打網咖缺錢，所以隨便找人下手撈點錢用。」小海攤了攤手，實際上這也不是她第一次堵到了，上週也被她扭到一次，不過不同人就是了，「最近很多死小孩都這樣啊，打電玩打到腦殼壞掉，以爲做壞事只要結伴壯膽就沒事，已經遇到好幾次了，連我們那邊也曾發生過。」不過因爲他們店附近是他們罩的，所以搶到客人就會乎伊死。這點她當然不會直接告訴眼前的傢伙，聊歸聊，有時私下處理的事情還是不用讓外人知道。

的確，最近也聽到派出所員警抱怨類似事件有越來越多的傾向。嚴司點點頭表示了解，這就跟早些時候自己的猜測差不多。

如果是單純搶錢就算了，最怕的是對方搶不到還可能反過來砍人，這才真的危險。

「反正那種搶來的錢花不久啦，怎麼來怎麼去。」小海眨眨漂亮的大眼睛，很認真地看著對方，「就像之前開車撞死人的人，後來也被別人開車撞死，這世界沒什麼便宜給你撿啦，時間到了就該還的。」

「妳這種說法還滿像被圍毆的同學會講的話。」嚴司笑了聲，不過另外那個總是用自己的皮肉痛換來警世言論。

「這是一太哥說的。」小海聳聳肩，當然也知道對方指的是誰，「而且我們這種混正的也不會去幹那種事，行有行規、道有道規，該吃多少我們自己心裡有把尺，那些吃不滿足的你們才要注意。」

「明白。」嚴司完全知道女孩在說什麼，但是也不打算挑明，笑著收下對方的話。不過，他面對的都已經升天了，不管混哪邊對他來說都不是那麼有意義，活著的人才需要擔心，死去的人顯然就沒有這麼多分別了。

接著，他們很有默契地轉開話題。

小海並不想跟個不太熟的人講太深，嚴司也不想在非工作時一直聊和工作相關的事，就這點來說兩人還滿投契的，所以接下來的話題就轉變成虞佟的身家資料大調查。好不容易才碰到虞佟身邊的人，小海當然不放過如此良機，很努力地要套出更多情報，好策劃新一波進攻之路。

條杯杯的防備實在是太堅固了！

送便當就還她便當錢、或是直接集滿多少天換叫便當請他們全店；送花不知道爲什麼會變成花果醬回來；送禮物會收到育幼院之類的感謝函；之前騎著自己最愛的野狼，戴著安全帽很帥氣地想接送對方上下班，才震驚地想起對方有車。

方曉海，正值青春年華，完全不理解爲何男性比女性還要難以攻陷。

雖然在她的觀念裡，男性用來揍的成分比較多，但是沒道理會完全把不動。

「難道是老娘漏了什麼招數沒用嗎？」例如在沙灘上點蠟燭？不對，條杯杯也沒那個時間去沙灘看不切實際的蠟燭，難道要點在警局外面？

他們外面的警車和私車還滿多的，點下去不知道會不會全部燒起來。

看著對座的女孩陷入沉默，嚴司完全知道對方在盤算什麼，他就等著看好戲，反正也滿好笑的，自轉來這區之後樂子就變很多，讓他的人生都色彩繽紛了。

所以他當然不會去提醒雙胞胎的兄長，會有新一波粉色攻擊這件事。

聊到一半，手機突然響了起來，嚴司和女孩打了聲招呼，就走到店外去接手機，果不其然是前室友打來的，內容多半是責怪他沒有好好待在家裡休息而出來在外面亂跑。

嚴司這次不用想也知道，對方肯定是抽空去他家，結果撲了個空才會來電唸人。

應付完對方之後，他收了線，看了看街景。

一如往常，路人來來去去，有的悠閒有的匆忙。有時這樣站著看，反而會覺得自己好像身處世界之外，在看毫不相干的景象。

嚴司笑了笑，他也馬上要回去充當世界的一員了。

正想回過頭的那瞬間，嚴司瞥見折射著街景的玻璃上，有個樣子模糊的女性站在對街，直直地盯著他這邊。他反射性地轉看向對街，卻只有匆匆的行人，再回頭，玻璃上什麼也沒有了。

大概是眼花吧。

和小海分開已是下午之後的事了。

好不容易買好襯衫和些新發行影片，回到家門口已是快傍晚了。

嚴司一手掛著提袋，用受傷的那隻手有點吃力地掏出鑰匙，打算等電梯打開後像平常一樣直接鑽回家好好享受難得的假期。不過電梯門一打開，他便想起他和小海聊天聊得太暢快，忘記了什麼……

「哈囉、嚴大哥……」站在大門左邊的虞因很堅強地微笑著，然後向他打了聲招呼。

「……」然後站在門右邊逃生梯前的，是整張臉都已經快發黑的黎子泓。

嚴司突然覺得自己家大門好可憐，肯定不知道被瞪了多久，等等要檢查門板有沒有被瞪穿一個洞，也不知道這種損傷房東會不會修。

不過不曉得爲什麼，這種畫面居然讓他想起所謂的左青龍右白虎，之前曾聽學弟聊電動，一整個很帥的感覺！

「眞難得你們兩個會同時出現在我家門口耶，是說我不是有給你鑰匙嗎？怎麼會跟被圍毆的同學一起站在外面？」嚴司看著自己的前室友，記得剛搬來沒多久時，的確打了備份鑰匙給這個大檢察官，因爲兩人會互找，不是去對方家打電玩，就是到自己家看電影，互換鑰匙比較方便；另外，因爲這兩個人來找他滿多次了，所以大樓警衛也認識，才沒被攔在樓下，而是直接站在他家門口。

「呃，我才剛到而已，黎大哥好像等比較久。」站在左邊的虞因尷尬地笑了笑，實際上他也差不多等了半個小時。半個小時前，電梯門一開他也嚇了一跳，本來想說碰碰運氣，若是人不在家就離開，但是看到檢察官站在這邊等，他也沒那麼有種丟下人就閃，只好跟對方有一搭沒一搭地聊天等屋主回來。

天知道他們的話題完全不相搭啊！

而且虞因對電玩也沒有小聿那麼熱中，很顯然地，檢察官也對唱歌和玩耍、打工沒興趣，兩個人都不想談案件之類的話題，所以只好非常努力地想，聊了絕對可以談的——瑪莉兄弟。

爲什麼他連最新版的也有啊！

虞因只知道十幾年前的紅白機版本，基本上後半段都是在聽瑪莉兄弟歷年版本的攻略，然後悲劇地發現自己眞是自找死路，早知道就不要講瑪莉兄弟了。

幸好在講到Wii版本時，嚴司就回來了。

光看虞因的苦笑臉，嚴司也大致知道發生了什麼事，「先進來吧，大檢察官你該不會整個下午都在這裡等吧？」他還以爲對方是抽空來查勤，沒想到居然等到現在，早知道這樣就不會和小海聊那麼多八卦了。

「沒有，這是第二次來。」實際上中途曾回去一次的黎子泓看著對方開鎖的動作，「約四十五分前到。」所以他十五分後就遇到不知道爲什麼也到這裡來的大學生，看對方好像對瑪莉兄弟很有興趣，於是傳授了一些自己的遊戲心得打發時間。

「那怎麼不進去？」話題繞回原點，嚴司轉了門鎖。

「你馬上就知道了。」黎子泓不冷不熱地丟了個奇怪的回答，靠在一旁的牆壁。

「馬上……奇怪？」嚴司轉了幾下門鎖，突然發現門鎖似乎卡住了。他將紙袋交給站在一旁的虞因，然後又試著多扭幾次，「我家的門鎖卡住了？」那幹嘛一開始不告訴他啊！

「正確地說，可能被撬過。」四十五分鐘前就研究過這個問題，黎子泓看了下手錶，

「應該差不多快到了。」

「什麼東西快到了？」嚴司拔回鑰匙，奇怪地看了下打不開的門鎖，上面有些不自然的痕跡，好像真的曾被撬過。

小偷嗎？

這棟公寓最近的確搬來了一些新住戶，而且警衛也馬馬虎虎，說不定不常在家的自己剛好就成了下手目標。

「鎖匠，他剛好有工作出門，說要半小時才到。」

黎子泓的話才剛說完，電梯門便再次打開，這次走出來的是個中年男子和大樓警衛，「欸？是你們這戶門鎖壞掉喔？」

看著鎖匠解門鎖，嚴司一轉頭，就看見黎子泓出示身分要求大樓警衛調監視錄影帶。

雖然很想向對方說應該沒那麼嚴重吧，不過被撬門也是事實，嚴司想了想，打算看看開門了之後的情形，再決定要怎樣回報被之後抓到的小偷君。

「嚴司老大。」從剛剛開始視線就往一旁看的虞因慢慢地湊了過來，將他拉到一邊，用最小的音量說：「你最近是不是有碰到什麼不乾淨的東西？」

「喔？又有靈異事件了嗎？這次是哪種死者？」嚴司也壓低聲音很本能地回問對方，「被圍毆的同學，快點提供點情報吧，死者有沒有託付什麼？」

「要死了，你以爲我是靈媒嗎！」虞因直接白了身旁的人一眼，然後看了著周圍，不知道爲什麼，剛剛一瞬間似乎看見有什麼晃過去，速度滿快的，所以沒能捕捉到完整樣貌。但根據經驗，他立刻知道那個絕對不是什麼正常的影像，「你旁邊剛剛有個東西在晃，你有沒有覺得哪裡不對勁的？」

嚴司跟著看過去，只看到米黃色的樓梯間牆壁，「沒耶，最近有一個星期的假可以補眠，基本上這也是不對勁啦，難得可以放一個星期……」

虞因已說不出現在的想法，是要繼續正經地說下去，還是先往旁邊的法醫揮一拳再說。

還未繼續討論下去，緊閉的大門發出了聲響，幾個人一轉頭正好看見鎖匠成功打開了門鎖，「眞是，這個鎖要換比較安全喔，剛剛黎先生要我順便帶組鎖來換，等等就幫你們弄好。」鎖匠邊收拾著工具，邊直接打開了大門。

門後，是和出門前完全一樣的擺設，連室內拖鞋都沒被移動過。

「未遂。」嚴司聳聳肩，看來那個小偷的技術很差，居然連這種普通鎖都沒法撬開。這樣想著，他率先走回屋內，然後另外幾人也跟了進來，警衛則是匆匆下樓去調大樓的監視器了。

進門後，黎子泓將室內房間大致上巡視一遍，確認的確是未遂後才走出客廳。

「這年頭還有這種蹩腳的小偷喔。」還以爲小偷都很會開鎖的虞因幫忙放好手上的提袋，有點好奇地看著鎖匠換鎖。

「如果小偷都可以百發百中才有鬼好不好，有神偷當然也有掛蛋偷啊。」嚴司倒了飲料給鎖匠在內的所有人，沒好氣地說道。

「掛蛋偷有夠難聽的。」虞因接過飲料，指指自己剛放下的環保袋，「這是我大爸叫我拿過來的，好像是什麼對傷口復元比較好的燉湯，大爸說你都叫外食，一定要喝點補品比較好，還有小聿弄的甜點……他剛剛去圖書館了，所以沒跟過來。」

「嗚喔，眞是感動啊。」嚴司打開袋子，果然看見裡頭有個保溫提鍋，整顆心都暖了起來了。那個小海小辣妹如果知道她的條杯杯煮補品來，肯定會恨到牙癢癢的。

下次玩看看好了。

黎子泓付了換鎖錢、送走了鎖匠後關上大門。

「對了，你來找我有啥正事嗎？」端來茶水和點心的嚴司看了眼一旁的虞因，沒有避諱地直接開口詢問。因爲認識太久了，加上大學生本身奇特的能力，所以倒也沒什麼必要避開講，反正他總有辦法自己混進來。

他不認爲前室友會因爲心情好想查勤而連來兩次，肯定是有正事，又沒有辦法在電話裡說，才會等到他回家。

「玖深他們在現場查扣的東西完全沒有採集到凶手的線索。」黎子泓坐在一邊，不輕不重地開口：「陽台外也沒有，只有被害者的血跡。」

「我身上的呢？」當時嚴司曾和嫌犯搏鬥，揍完之後上了救護車，治療前先做採證。

「採集到的部分送去化驗後屬另一成年男子，應該是嫌犯所有，從皮屑細胞老化狀況判斷，對方約是三十歲上下，但是目前所有檔案中都沒有符合的紀錄，應該沒有前科，或是還未被抓過。」黎子泓頓了頓，看著一臉輕鬆的友人，忽然覺得對方還眞是冷靜，好像被攻擊的根本不是自己，所以暗暗地嘆了口氣。

「希望可以找到，那傢伙攻擊人還眞是不留餘地耶。」第一次和嫌犯如此生死搏鬥，嚴司深深覺得眞的很有紀念性，非常想知道那傢伙是什麼德行。

那時候對方的臉全都蓋上了一層血，濃得像層血面具，只看得出大概的輪廓和五官。

虞因坐在一邊咬點心、聽著他們簡單的對話，很識趣地沒開口打斷，最近他家兩個老爸也在煩這件事，因爲外面報得很亂，承辦員警們壓力都很大。

雖然如此，但當他提出想去看看死亡現場時，還是被虞夏嚴厲地拒絕了。

虞因算了下，從最後一次掉到海裡到現在也過了一段時間，該好的傷都好得差不多了，小聿也變得比較隨和，但是他二爸從那次開始，就完全禁止他再插手案件，就連在家裡都盡量不和虞佟討論工作的事，以前會隨手亂放的檔案資料也都收得一乾二淨，就是不想讓他再攪和進去。

他知道自己那陣子鬧得眞的有點過火，還差點被當掉重練，不過也想了不少事情，其實偶爾幫忙也不是什麼壞事啊，就算遇到壞事，也很快就過去了。

比起壞事，破案之後不是更讓人愉快嗎……

雖然知道父親們的顧慮，不過虞因還是覺得大爸和二爸防過頭了，他又不是三百六十五天都出事，何必如此緊張。

虞因恍神一圈回來之後，才發現兩個兀自聊天的大人似乎已經聊到其他，已不是剛剛在講的話題了。

「趙學長他們打電話來問有沒有怎樣。」這兩天電話不斷的嚴司大概聊了下，「叫我傷口快好時記得找他復健，他會好好招待我。」

「那你就去啊。」看著正按著傷口的某法醫，黎子泓直覺回道。

「懶啊，反正知道個大概，自己操作就好了。」還專程跑去咧，他那些同學跟學長一個個想整他很久了，現在有機會才不放過。嚴司知道如果眞的應邀前往，對方絕對會拿出那種最操、最麻煩的復健方式來鬧他，接著再給他一句「要乖乖聽醫生的話」。

這幾年大家的個性都變得比較穩重，如果是學生時代，一堆人擁過來壓著他赴刑場都有可能。

虞因也知道嚴司之前常常去「兼差飲料」的事，也不意外他認識其他科的醫生，看他們聊得很自然就沒有主動打斷。

稍晚，還要打工的虞因就匆匆告辭了。

「你們剛剛私下在聊什麼？」

黎子泓幫忙整理著桌面，隨口問著。在他向警衛要求調閱監視器畫面時，也注意到另外兩人的動靜，只是剛才不方便直問。

「喔，被圍毆的同學好像又看見了什麼。」嚴司下意識地環顧周遭，依舊什麼也沒看見，隨口回應：「他說看到有個東西在附近晃，也沒看到是啥，就只是晃一下而已……這樣說來，中午我和小海妹妹喝茶時，在外面也看到怪怪的東西，我還以為眼花了；發現嫌犯在窗台時，也是看到有個影子晃過去才想打開窗戶。」

這樣說來，難道那個不是眼花？

嚴司突然有點期待，看來這個工作真的很有趣。

黎子泓完全可以猜到友人現在的想法，冷冷地看著對方，「完全沒看清楚是怎樣的東西？」

「沒耶，晃了一下，很快就不見了。」嚴司聳聳肩，在對方把杯子砸到自己臉上之前手腳俐落地收拾了桌上的杯盤，鑽進廚房清洗，「如果像被圍毆的同學一樣可以看得更清楚些就好囉。」他對另一個世界也很有興趣的。

才剛講完話，他甩去了碗筷的水，一抬頭就看見旁側的廚房窗戶外有黑色的影子在晃。

這次與先前見過的不同，那道影子一直停留在窗戶外，而且還逼近窗面，窗沿下方開始出現像是手指壓印般的痕跡。

他就這樣看著那道冷不防出現的影子，愣了足足三秒；第一個想法竟是如此體貼人意與反應快速地撲過去想要開窗，但那人影馬上不見了，窗外只剩下夜晚附近住家點燈的景色，連剛剛看見的指印都沒有留下。

「怎麼了？」聽到細微騷動的黎子泓也走進廚房。

嚴司猛地回過頭，超級興奮地看著前室友，「說不定我也可以踏上通靈之路喔！」

「……」

黎子泓沉默了。

□

「對了，前兩天你問我賴長安的事，我幫你查到了。」

黎子泓決定不管那個通靈話題，也不認為自己認識多年的朋友會在一瞬間踏上靈能力之旅，他搖搖頭，取出一封公文袋，剛剛虞因在這邊所以不方便拿出來，「照理說是不能帶出來給你看。」

「不然折衷好了，你可以背熟後從頭到尾唸給我聽。」正在泡茶的嚴司直接給前室友一記拇指。

黎子泓馬上把東西放在桌上。

「小氣耶。」嚴司單手端著茶盤，走回來順便抱怨。

「我的職業不是有聲書。」認識嚴司很多年，還當過幾年被毒害的室友，黎子泓私下當然也有自己的一套應對方式。

「嘖嘖。」嚴司放好茶盤，幫兩人都斟了茶水之後，才拿過那份資料，「你還不是常常重讀給嫌犯聽。」

黎子泓懶得跟他爭這種有的沒的，拿了遙控器把還在播電影的電視機關掉，「你為什麼會突然拜託我幫你找有沒有賴長安的檔案資料？」而且他竟然還眞的找到了。

黎子泓學生時代雖就讀法學院，但因爲和嚴司是室友，所以也認識不少對方學院的朋友和學長；偶爾這位室友要去參加聚會也會拉著他去，就像前幾天那場聚會一樣，他的學長、同學也都認識自己，彼此有些交情。

「喔，聽說長安學長在找我。」嚴司翻看著紀錄隨口回答，完全沒注意到自己友人動作一僵，「趙學長和我說大家都推掉了，沒有人透露我的聯絡方式；接著，還跟我說可以查一下，看來長安學長這幾年過得似乎不算很好。」不過他覺得比較奇怪的是，雖然不像大幾屆的學長那麼有名，但是自己法醫的身分，只要打聽一下，要聯絡上其實也沒那麼難，不知道對方在想什麼。

「他有搶劫、傷害前科。」黎子泓盯著那份自己已經讀過的資料，慢慢地開口：「服刑過幾個月，現在的記錄上看起來似乎是在做一般清掃零工。」他和這個人其實不太熟，只知道醫學院那邊對他的風評不太好，嚴司介紹給自己的朋友群裡也沒有這個人。

「難怪。」嚴司點點頭，突然有點知道對方不直接找上門的原因，「咦，傷害前科是同事嗎？」看著上面的條目，他挑起眉問。

「嗯，之前其實還有工作，在一般保險公司上班做業務員，但是大約三個月後被指控襲擊同事，惡意將同事推下樓，造成對方嚴重骨折，對方提出傷害告訴。」黎子泓重新斟了杯茶水，「賴長安在公司的風評並不好，聽說已經和好幾個人有過衝突，之後當然立即遭到解喔。」

「唔……」

「另外，他的同居人也有案底，廖雪怡，小他兩、三歲，曾透過網路詐騙，騙取被害人十萬元左右，後被警方查獲。」指著另一份資料，黎子泓有點疑惑地問，「她也是醫學院的學生？」

「是啊，小我一屆，本來是學妹。」嚴司看了下頭的檔案，那兩人的地址果然一樣。他並不感到特別意外，還有「果然如此」的感覺，「他們是情侶，後來一起離開學校……我想應該還在一起吧。」

「你的學長、同學都不想幫忙聯繫？這兩個人在學校就已經有問題了嗎？」黎子泓詢問了自己比較在意的地方。

「喔，有些過節啦，也不算什麼大事，總之兩人後來都離開學校，沒聯絡了，聽到他們在找我，我才覺得有點奇怪。」嚴司聳聳肩，避重就輕地回答前室友的問題，「反正就是好奇啦。」

黎子泓皺起眉，「有什麼冤仇要找你嗎？」這種案子經常發生，所以他馬上就有如此的聯想。

「這就不曉得了，我想復仇應該也不會拖到現在吧。」嚴司搧搧手，笑了下，和對方比起來反而顯得輕鬆，「雖說有過節，不過那個時候就全扯平了，照理說他應該不可能再來找我才對，所以不知道是不是他發生了什麼事，要找人幫忙吧？」

黎子泓很想問對方爲什麼會這麼肯定那人不是復仇而是想尋求幫助，但他感覺得出來，自己的朋友不是很想深入談論這件事，所以也就沒繼續追問了。

嚴司這個人想說時就會說，不想說時如果問過頭，反而會被他玩弄得很慘。黎子泓從以前到現在都有某方面的體認，所以他決定將話題打住，他也不是個喜歡追問人家私事的人，總會有知道的一天。

嚴司將資料全部記下之後，把檔案放回公文袋，推還給對方。

黎子泓嘆了口氣，決定暫時先說到這邊，「晚餐怎麼處理？我先幫你買一些？」雖然虞佟做了湯過來，但當成晚餐還是稍嫌不足。

「不用啊，德丞家的工讀生妹妹會幫我送過來。」這幾天都是這樣處理的，嚴司笑嘻嘻地回答。

「……你去盧楊德丞幫你包三餐外送？」黎子泓突然無言了。

他們口中的楊德丞，就是前幾天和嚴司一票人聚會的餐廳主人。原本也是醫學院學生，但是讀到一半突然發現自己對所學沒有太大興趣，就讀醫學院是因爲各方冀望，之後讀得越來越痛苦，三年級上學期就辦了休學；後來和家裡鬧翻，自己進修考餐飲業執照，在外面和幾個朋友合資擺小攤子賣食物，在所有人都不看好時自己努力闖出了一條路，短短幾年就賺進了一大筆錢，後來和當初合資的人拆完帳後便開餐廳去了，而那正好是嚴司出國時的事。回台沒多久，嚴司就轉來了中部工作，彼此聯絡上後經常和黎子泓相偕去吃飯，所以黎子泓和對方也頗熟稔。

楊德丞經營餐廳有聲有色，用餐時間餐廳幾乎座無虛席，但是他堅持不擴大店面，店內也規定不讓客人外帶食物，以保持最新鮮的美味。但是這個規定在嚴司回來之後就被打破了，而且嚴司還曾過分到叫來玩耍的虞因兩兄弟幫他跑腿拿外帶，虞因事後還奇怪地問說那家店不是禁止外帶，怎麼還會包給他們，而且菜色、價錢還和菜單完全不一樣。

有時黎子泓眞的認爲被嚴司劃分到「眞正的朋友」範圍裡的人，某方面來說都很倒楣。

完全不覺得有錯的嚴司抬抬自己受傷的手，理直氣壯地回答：「因爲他問我受傷怎麼自己弄三餐啊，所以我才那樣回他，他又沒拒絕。」只是從自己外帶變成店員外送而已，而且他還有貼店員外送的跑路費啊。

黎子泓突然覺得自己其實不用太擔心這傢伙了，他很會安排自己的食衣住行，而且還完全不委屈自己。

「反正最近閒著也是閒著，找時間去長安學長那邊看看好了。」嚴司把玩著繃帶，懶洋洋地開口：「不知道對方是不是還住在資料上的地址？」

「這幾天不要再亂跑了。」黎子泓聽到他這樣講，馬上沉下臉。

「安啦，你看我什麼時候亂跑過。」嚴司看著有點生氣的友人，笑笑地回答。

「今天一整天都這樣。」黎子泓很冷靜地指出時間，認眞地告誡：「如果不是很重要的事，你直接和其他同學聯絡，別自己跑過去。」尤其在對方絕非善類還有過節的情況下。

「好啦，我自有分寸。」嚴司還是很不正經地應答，在對方眞的發怒之前連忙補上一句：「總之，只要一有不對勁我會馬上聯絡你或老大，不用擔心。」

聽他保證後，黎子泓才壓下不悅，「總之你好好在家養傷，我有空會過來。」

「嗚喔喔還要查勤喔，別這樣，好歹我也是放一個禮拜的假，總要有點娛樂消遣吧。」

嚴司誇張地哀號著，露出一種「這樣會死啦」的表情。

「放心，我買了很多新遊戲片，玩上一週不是問題。」黎子泓非常鎮定地回答。

嚴司這次是真的快要昏倒了。

□

虞因猛然回過頭。

「阿因，怎麼了？」

深夜，阿關搭著朋友的肩膀，疑惑地詢問。

「沒，從朋友家出來後總覺得後面好像有什麼東西跟著。」虞因抓抓頭，也不知道是怎麼回事……該不會是在某法醫家看見的東西跟出來了吧？有沒有這麼準啊！

一想到這種可能性，虞因馬上又回頭看了一次，但還是什麼都沒看到，也沒有奇怪或特別的感覺。

「你該不會又看到阿飄兄弟了吧？」阿關推了推對方，跟著一起往後看，「有看到要招呼一下嘿。」

「不做虧心事就不怕鬼敲門啊。」虞因斜了眼看著阿關，哼哼哼地丟了這句給他。

「誰做虧心事，只是之前遇過幾次，現在當然要閃。」不管是哪一件，阿關卻還心有餘悸，那兩、三次都不是太好的經驗，他可不想年紀輕輕就這樣被鬼纏上天，很冤的。「算了，不講這個，今天你弟在家，家裡也有大人，終於可以一起去唱歌了吧，之前阿散他們那邊在問怎麼最近都沒看到你……我說照顧小孩歸照顧，你又不是他媽，沒必要一天到晚兩個人綑在一起吧，朋友沒聯絡聯絡，當心大家翻臉不認人咧。」

「你們人數又不夠了喔？這次又約幾個？」虞因沒好氣地推回去，當然知道對方才沒那麼好心，他直接問道。

「欸……女生多兩個，唱完歌要去望高寮看夜景順便吃宵夜，所以欠兩台車。」阿關抓抓臉，朝他嘿嘿地笑著。

「我就知道，你們約人幹嘛都不算剛好啊！」虞因看了下手錶，打工結束差不多是十一點多，約女孩子去唱歌最少也得要花兩個小時，再跑去望高寮都兩、三點了，這樣來來回回外加吃宵夜，幾乎要搞到天亮才能回家，到底是哪個傢伙這麼天兵這樣規劃的啊？虞因沒好氣地白了對方一眼，「不去。」

「靠北，阿因你怎麼可以見死不救！」阿關馬上巴到有摩托車的傢伙身上，「我們就差兩個了！你知道妹如果沒有剛好都載去，一定會有人打死不上車要留下來陪同伴，你忍心看我們這票朋友好好的一個晚上全都落空嗎？」

「忍心。」虞因馬上回答對方的問題，並一邊把人撥下來，「去去去，明天九點第一堂課，我要回家補眠，要把妹自己想辦法。」

「阿因，你眞的變了。」阿關捂著胸口，倒退了兩步，「居然對朋友見死不救還落井下石，睡覺眞的有比較重要嗎——」

「如果有人是因爲要把妹車不夠抓我去湊數，而且還要分攤唱歌的錢、請妹宵夜的錢，大半夜跑來跑去還要自己貼油錢，我寧願回家睡覺。」如果是幾個朋友約了出去純兜風、夜遊，虞因還會答應，不過最近這種把妹的邀約越來越多，大多都得幫忙貼錢伺候，他才不想幹咧。

可能是因爲遇到不少生死交關的事，又和嚴司幾個人走得比較近，想法多少也跟著改變了，虞因這陣子已經推掉很多聯誼和約會，除了幾次出去玩的開銷，也開始慢慢減少一部分花費多存了點錢。

「唉，好吧，阿因你越來越難約了。」阿關嘆了口氣，無奈地聳聳肩，「那我先去約其他人了，你如果改變主意再打電話跟我說嘿，不用載妹大家出去玩玩也行啦。」

「再說啦。」

和阿關分開之後，虞因在打工處附近的夜市兜了一圈，買了幾樣點心，原本想帶一點去給那個在休傷假的某法醫，不過看時間不早了，人家說不定在睡覺，便決定直接回家去。

虞因走到小巷子牽車時，又開始覺得似乎眞的有人跟在自己身後。

猛一回頭，還是什麼都沒有看到。

「錯覺嗎……」

在這種有點暗的小巷子裡還眞讓人有點毛毛的，不過巷子外不遠處就是夜市了，應該還不至於有什麼事發生。

正這麼想而轉頭開車鎖的同時，虞因突然感到有人在自己肩膀重重一拍，他整個人嚇了一跳，連鑰匙都掉在地上，急忙轉過頭去，卻什麼也沒見到。

狹窄的小巷子裡只見幾輛機車並列而停，空無一人。

很有經驗的虞因馬上知道哪裡不對勁，連忙撿回鑰匙，邊默唸著「拜託不要玩我了」邊快速想發動摩托車。

但是不知道爲什麼，車子怎樣都發不動，接著他再次看向巷子底。

站在底端的是個完全陌生的女孩，蒼白著一張臉，面無表情地看著他。

「妳有……」

吞著口水，正想問對方要幹什麼的虞因才說了兩個字，就被不遠處的叫賣喧鬧聲打斷。

就這麼一分神，那女孩已經不見了。

自己最近應該沒接近命案現場啊？

虞因疑惑地想著，再度深深懷疑是從某法醫那邊跟出來的，越想越不對，他連忙翻著包包，想從裡面先找出護身符。

就在氣氛整個詭譎到一個程度時，全部注意力都在包包裡的虞因，察覺到後頭有人時已經慢了一步，一股溫度直接從他背後罩了上來，瞬間摀住他的口鼻。

猛地一掙扎，可能因爲突然的動作讓對方偏了準頭，虞因感到某種冰冷的感覺劃過自己肩膀，拉開了一陣劇痛。這陣子被虞夏打習慣了，他第一個反應就是重重地向後一撞，把後面那人撞上巷子的另一端牆壁，也撞倒了周圍的機車，發出巨大的聲響。

攻擊失敗後，對方推開虞因，就這樣逃走了。

虞因摔在那堆機車裡，摸了一下痛到不行的右肩，攤開的手掌上全是鮮血，傷口不知道有多深，買好的宵夜也全散落一地，根本不能吃了。

虞因顫抖著手翻找出手機，正想先撥電話報警時，就聽見巷子口傳來腳步聲。

「有人受傷了！」

他們都記得烤肉的那一晚。

其實那天晚上好像是月圓之夜，雖不是中秋節，難得宿舍上的天空那麼乾淨，所以不管召集人是誰，大家都很愉快。

難得有這種機會喧鬧，當然是不客氣地用力玩下去。

□

猛然清醒時，嚴司只覺得整顆頭痛到快爆炸了。

「嘖……難得早睡反而爆腦嗎……」蜷起身體、按著腦袋抱怨了句，在看到時鐘顯示著一點十分後，他都想哀號了。

打開了床頭燈，瞄到手機好像有未接來電，也不知道爲什麼自己居然會睡到沒聽見。

嚴司拿過手機後，意外地發現都是同一人打的，大概打了四、五通，時間在十二點左右，不知道對方爲什麼會在在那種時間打給自己，他想了想便直接回撥了，意外地，對方很快接通，「被圍毆的同學喔？我剛剛睡死了……嗯？你人在醫院？又被圍了嗎？」

聽著對方氣急敗壞地反駁，他按著頭坐起身，然後在床頭櫃翻了一下，找到了備用的止痛藥，「咦？這樣喔，那我馬上過去，你先在那邊等等。」

嚴司掛掉通話吞了止痛藥後，拉著衣服去浴室盥洗一下，正要掬水潑臉清醒一下時，一抬頭看見鏡子，他立即挑起眉，然後搓了幾下自己的脖子，確定自己看見的不是假的。

那是個不管上看、下看、左看、右看都非常明顯，叫作手印的東西。

在十點睡覺之前，嚴司非常確定自己脖子上沒有這玩意，搓了兩下也沒掉下來，看來也不是莫名的染色，更別說搓下去還眞有點隱隱作痛。

他有睡死到被人狂掐還不醒的地步嗎？

嚴司歪著頭看著鏡子幾秒，開始嚴重懷疑自己不是睡死而是被掐到昏死，不過這根本是不可能的事啊。

依目測，手印有點小，不像成年男子所爲，可以排除唯一有他家鑰匙的前室友的嫌疑。

他睡到被女人掐脖子？

這更不可能，想掐他的人以男性居多，從被圍毆的同學到他前室友都還比較有嫌疑咧，女人倒是沒有得罪幾個。

又看著手印幾秒，決定放棄思考這種不合邏輯的事情。大概梳洗完畢後，嚴司翻出了件高領的衣服，便打電話叫了計程車就直接前往指定的醫院。

這種半夜時間街道上車輛很少，所以很快就到達醫院。

和寂靜的街道不同，醫院急診室不斷有救護車到來，以前在醫院實習時嚴司也常常在半夜遇到啼笑皆非的送診，很多都是酒醉路倒，所以他後來有個興趣，就是拿相機把某些人在醫院鬧事的醜態拍下來，放大洗一份送給家屬當紀念。

至於家屬會不會感謝他，就不干他的事了。

付了車資，嚴司很快就在急診處看到打電話叫他來的人，還外加一個自己沒見過的陌生人。

「嚴大哥。」一看見自己到來，本來正按著肩膀的虞因連忙站起身，「抱歉，不過我怕打回家會被二爸扭斷頭……」

「還好啦，幸好我有醒來，不然你就得找別人了。」用沒受傷的那隻手拍了大學生，嚴司沒好氣地說：「我很認眞覺得你搞不好眞有傳說中的體質耶，居然沒事就會碰到案件，你眞的不打算朝通靈之路發展嗎？大哥哥我可以贊助你開店資金喔，記得分紅就是。」

「絕對不可能。」虞因白了一直要煽動他往人生另一條道路發展的某傢伙，沒好氣地先介紹身旁的人，「這位是剛剛認識的，他叫救護車送我來醫院，叫作蘇彰。」

嚴司打量了一下不認識的人，對方乾乾淨淨、挺斯文的，頭髮不染不燙、中規中矩，看起來也是二十歲上下的樣子，戴著一副有點大的黑框眼鏡，整體看來似乎也是大學生，有點靦腆地先向他打了招呼。

「這是嚴司嚴大哥。」虞因也向對方介紹了嚴司，才轉回來，「有夠衰的，居然會突然被砍，還好只有皮肉傷，縫了幾針。」

打算從夜市回家，卻被莫名的人殺傷，虞因按了按麻醉劑還沒退的肩膀，根本不曉得最近又招誰惹誰，一整個莫名其妙。還好那時逛夜市正要回家的蘇彰路過巷子看到自己，馬上幫他止血和叫救護車，又陪同來到醫院，算是幸運。

「你眞的很有被打的天分耶。」嚴司聽著對方大概的描述，深深這樣覺得。

虞因馬上垮下臉，「別說了，我怕大爸、二爸知道又要罵人，才拜託你過來的。」如果是自家兩個大人過來，他用腳趾頭想都知道會發生什麼事，但被殺傷又不是小事，一定要做筆錄之類的，幸好今天來的員警似乎是新進人員，不認識他，才趕快打電話請嚴司幫忙。

不過一開始嚴司都沒回電，他才正想說要不要打給其他人看看，對方就回電了。

「好吧，我先去看看狀況。」嚴司想了想，看著還在附近回報的員警，「你們兩個先待在這邊吧。」

就在對方轉身走出去的瞬間，虞因又看見不久前才看過的影子，閃晃了一下後便急速消失，根本來不及捕捉。

那到底是什麼東西？

「你的朋友看起來很穩重。」

蘇彰看著對方離開後，很誠懇地說道。

「穩重……好吧，嚴老大有時候看起來好像有點穩重，不過他人很好是眞的啦。」直覺把「穩重」這兩個字打上叉，虞因咳了一下，也不打算和剛認識的人講太多，「是說你要不要先回去啊，都半夜一、兩點了在這種地方也不太好。」他自己是來習慣了啦，不過對方看起來不像是會在外面夜遊的人，想想還是先讓對方回去會比較好。

「咦？沒關係啊，我自己一個人在外面租房子。」蘇彰連忙搖搖手，誤會成對方嫌他礙事：「既然是我送你過來的，等等一起走應該沒關係吧？」

「呃，算了，你覺得可以就沒關係。」虞因看著外面和員警講話的嚴司又走了進來，立刻站起身，「怎樣？」

嚴司笑了笑，「警察那邊好像也還沒查清楚狀況，附近也沒有人看見嫌疑人，不過他們懷疑有可能是找錯人，或是附近的酒客喝醉酒。」

「那個人身上沒酒味啊。」而且誰喝醉酒會莫名其妙拿刀殺路人，虞因再怎麼想都不覺得對方是喝醉酒，專程來尋仇還比較有可能，可是他沒做會被尋仇的事，該不會是二爸他們那邊的人吧？

可是最近的案子好像也沒有什麼黑道糾紛啊？

因爲小海在倒追虞佟，一些人看在她的面子也不太敢特地來找碴，所以倒是安分許多。

「醫生那邊說凶器可能是水果刀之類的，所以他們會搜索看看，這個先給你。」嚴司拿起手上的提袋，看著對方身上的病人服，「你的衣服被收走了吧，先穿我的回去吧。」

「謝啦。」虞因接過袋子，感謝地拿去更換了，他還眞的沒想到這個問題。

幸好他的傷勢不算嚴重，輸過血後就可以滾蛋了，明天再去補口錄，回家後其他人應該都睡了，被問起就藉口說阿關他們邀自己去夜遊，所以才會晚回家。

這樣想著，他的心情也放鬆些了。

看著虞因離開，嚴司才轉頭回來看著另外一隻，「你先回去吧，小孩子不要在醫院待這麼晚。自己有車嗎？還是剛剛跟救護車來，機車在別的地方？我幫你叫個計程車好了。」

「不用了，我自己可以回去。」蘇彰連忙結結巴巴地報上地址，然後掏出錢包翻看。

看對方緊張地摸著只有兩張紅色鈔票的錢包，嚴司挑起眉，只好先拿一張千元大鈔塞給他，「喏，當作賠衣服的錢，你幫阿因同學止血也沾了不少，衣服應該算報銷了。」

的確缺錢的蘇彰連忙點頭道謝，「衣服沒多少錢啦……下次我會還給你的，啊……換個手機……」

看對方笨手笨腳又急忙地翻出手機，嚴司有點好笑地報出自己的號碼，「好了，快回去吧，如果警方那邊有事，打我的手機就行了。」

「好、好的。」蘇彰緊張地收回手機，呼了口氣，看了看虞因消失的方向，不好意思地笑了笑，然後就拿著自己的背包離開了。

他前腳一走，虞因剛好後腳出來。

「咦？他回去了嗎？」虞因拉著襯衫，有點訝異地看著還在原地的嚴司。

「是啊，你等等也先回去吧，我跟醫生聊一下你的傷口，看看對方的攻擊到底是臨時起意還是眞的針對你而來。」看著虞因臉上的淡淡瘀痕，嚴司想了想，嘿嘿嘿地笑了起來，「現在我們兩個眞是花臉貓二人組了，喵。」

「別笑了，我正在想不知道說騎車擂殘會不會被採信。」肩膀上的可以用衣服遮住，可是臉上的不行，虞因苦惱著這個問題，雖然臉上兩、三個瘀青不嚴重，但是也不可能一天就退，明天早上九成九會被問。

「如果是一般家庭父母可能會被唬爛過去，但是老大他們……」嚴司完全不抱希望地搖搖頭，「不要瞧不起警方啊，擂殘的瘀青跟被打的又不一樣。」

「我也是這樣覺得。」那只好說去夜遊時有人喝多了，不小心被打到好了。虞因默默想著等等先打電話和阿關套好說詞比較保險。

「你慢慢想吧，反正到天亮還有好幾個小時。」嚴司說著，又趕了一次人，「快回去休息吧，記得醫生交代的藥要吃。」

說到這個，虞因皺著眉，轉向還勾著微笑的某法醫，「嚴大哥，你是不是眞的遇到很不乾淨的東西啊？」

「咦？那不是你的專利嗎？」嚴司露出吃驚的表情。

虞因覺得自己的眼神快死了，「我是在跟你說正經的，有沒有得罪人還是看到什麼命案現場……」說到一半他便停了，自己認識的這群人根本是一天到晚都在看命案現場，這個問題簡直是白問的！

「我看屍體的時間大概比自己照鏡子的時間還多吧。」聽到那句廢話，嚴司很誠懇地還補上一句：「有時候在等解凍，還會邊泡茶邊看，無聊時還會看一下之前從家屬那邊拿到的大悲咒，同事也有送一些，被圍毆的同學你應該比較需要……」

「不用了，謝謝。」完全可以想像對方下一句就是要送他幾本之類的，虞因直接打斷，「你眞的都沒發現什麼不對勁嗎？有沒有人跟，還是哪裡有問題之類的？」沒道理撞阿飄的人會如此自在，又不是小海。

「沒有。」嚴司馬上回答對方。

「奇怪了，你剛剛走過來時我看見你後面有東西跟著，而且跟下午看到的不太一樣，比較清楚，輪廓好像是個女生。」奇怪的是，剛剛看見的那個形體與在小巷子裡看見的不一樣，比較高一點。

難道有兩個？

「女生？」回頭看了一下，當然什麼也沒看見的嚴司下意識地摸了一下脖子，笑著問道：「是圓是扁？搞不好是我最近的客人，有沒有看清楚樣子？」

「沒看到臉啦，就只是個輪廓，大概這麼高。」虞因比劃了一下高度，約莫一百六十多公分，比嚴司矮了些，「而且貼在你後面，離你超近的。」

「眞驚訝，沒想到會有東西黏在後面，根據你的經驗，要用哪種清潔劑才洗得掉？」

有那麼一瞬間，虞因覺得自己差點翻臉，然後他突然覺得或許自己也不用多事，畢竟這傢伙開不乾淨的車開很久也從沒發生意外，所以有個阿飄黏在背後說不定也不算什麼，他眞是多心了。「反正你自己小心一點啦，我總覺得怪怪的。」

「好啦好啦，我會注意。」推了推還不太放心的人，嚴司笑嘻嘻地告訴他，「反正眞的不行就找那個小海小辣妹嘛。」因爲常聊天，所以他多少知道對方是塊超級鐵板的事。

虞因翻了翻白眼，決定不再和對方扯下去，「算了，我差不多要回去了，先謝謝了。」

「早點睡覺嘿。」揮著手，確定對方走出醫院大門後，嚴司才放下手呼了口氣。

接著他抬起了纏有繃帶那隻手，才剛換過藥的白色繃帶已經滲出點點紅色斑紋，但是在紅色當中又摻雜了一些黑色血斑。

嚴司完全沒有該有的痛覺。

「原來撞鬼有個好處是免麻藥啊！」

他懂了！

□

虞因離開醫院時大概是兩點多。

看了一下手錶，他還是有點不太放心地回頭看了眼醫院，才嘆口氣走向計程車乘車處。

虞因才剛踏出一步，左肩猛地又被人一拍，他幾乎下意識地馬上回過頭，卻什麼也沒看到，只有黑暗中亮著燈光的醫院依舊矗立在原處，急診室再度迎進了一輛救護車。

按著左肩，虞因連忙左右看了看，沒看見什麼，於是快步跑去搭計程車。雖然是深夜，但也還有三、四輛排班的車輛，其中一輛見他跑過立刻按下車窗，「少年耶，坐車嗎？」

虞因還沒開口，便看見這輛車的後座坐著一個女孩，臉色蒼白地從車內看著他，他連忙退後兩步，猛一轉頭就看見那幾輛車的車窗全都折射了相同的影子，無機的灰白色眼睛全都望向他。

雖然看過很多種，但還是被嚇了一大跳，虞因連忙朝司機搖搖頭，連連往後退了幾步；才一退，左肩又被重重一拍，這次對方完全不客氣，還有點痛。

回頭，還是什麼也沒看見，對方像是存心耍他般，只有肩膀還留有餘痛。他揉著肩膀，正想問對方要幹什麼，一收回手，就看見手指上斑斑點點的都是血跡，卻不知是從哪兒染上的，嚴司借他的襯衫上一點痕跡也沒有。

發怔的同時，突然響起一陣音樂，虞因立刻回過神，拿起來看，是小聿發了簡訊給他。

不知道是沒睡還是剛醒，反正就是在問他啥時回家。虞因想了想，就如剛剛自己想的先回了個時間過去，說在和阿關他們夜遊，會晚點到等等。

這樣一來一往，怪異感也差不多淡了。

掏了衛生紙把血跡擦掉，再靠近計程車時已經沒有剛剛那個女孩的影子，剛才的司機按搖下車窗再次招呼。

這次虞因沒多考慮，直接進車報地址，然後整個人癱在後座上。

「少年耶，你剛剛是尿急嗎？」小黃運將將車子滑出車道，稍微調低了廣播的音量，聊起天來，「看你跳來跳去的，怎麼沒先回醫院放一下？」

「沒啦，突然想到有東西，想想就算了。」虞因這時才感覺到疲勞，呼了口氣，在計程車停紅燈時不經意地向外看，然後愣住了。

那個女孩就站在有些距離的對面人行道上，黑暗中白色的臉特別清楚。

還沒反應過來，計程車又開始慢慢駛動，隨著車子離去，站在原地的女孩只是緩慢地移動臉部，看著他們離開。

看樣子似乎不會再跟上來吧……

緊握著拳，正想鬆口氣的虞因很快發現了不對勁。

計程車再次停下時，那女孩已經站在分隔島上，灰白色眼睛依舊看著後座的虞因，慢慢地抬起右手，指著相反方向。

「現在不行。」虞因搖搖頭，發現自己冒出冷汗。

「咦？少年耶你說啥？」司機從後照鏡看著後座的人，有點奇怪地詢問。

「沒事。」

但是在計程車第三度停下時，女孩已站在車窗邊，手依然指著反方向。

不知道對方在堅持什麼，但依照經驗來看，應該是想要找他幫忙……最近新聞好像沒有年輕女孩的命案啊？難道又是冤案？

不過，這個是從某法醫那邊來的，按照常理推斷，大概是某法醫的客人，可是一直要他回頭去哪裡啊？虞因今晚已經受夠了，不想再去進行什麼靈異探索，如果是嚴司的客人，那明天找個時間過去問他，說不定可以知道對方身分，這樣要幫忙或許比較好幫。想了想，他便從包包裡找出之前方苡薰他們給自己的奇怪護身符戴好。

掛上後，接下來幾個紅綠燈果真都沒再看見那個東西了。

鬆了口氣，大約又過了一段時間，計程車便停在住家附近的巷子口。付錢下車後，虞因直直走到家門後才回過頭。

站在門口，他望過去，在黑色道路那端站著一個纖細的身影，白色的臉已經看不清楚，對方就站在那裡看著他，過了幾秒，慢慢退回黑暗之中。

看著遠方的黑色，虞因搖搖頭，轉回自己家裡。

總之，過兩天再去幫忙就行了。

現在自己還缺人幫忙呢。

□

嚴司回到家時大概已是半夜四點多。

和急診那邊的醫生聊過又看了傷口相片後，他就一直有點介意。

那不是什麼突發的殺傷，那傷口非常俐落，據虞因的說法與傷口照片的推測，那把刀其實本來會插在虞因的後頸上，是不折不扣想要他命的狠毒殺手。

這讓嚴司一瞬間想起了那天飲料商的案子。

會是同一個嗎？

但是那個飲料批發商的死者和虞因並沒有關聯，虞家也沒有人認識對方，爲什麼會挑虞因下手？如果是不同人，那未免也太剛好了，最近的人都喜歡選脖子砍？

付了計程車錢後，因爲感覺疲累，他拖著腳步和大樓警衛打過招呼，緩慢地走回自己的住所。

剛剛在看診單時，嚴司也順便請護士幫自己換了紗布，結果發現手上原本應該處理乾淨的傷口整個化膿發炎，不知爲何竟惡化了，害他被醫生壓著洗傷口，還嚴重警告不要碰到髒污，因而浪費了不少時間。

嚴司甩著醫生開給自己的退燒藥和消炎藥，摸出新配的鑰匙。電梯門打開後，他本來想像往常一樣開門直接回家，但一踏出電梯，便停下了腳步。

他家的門是敞開著的，雖然不顯眼，但看得出來已被打開了一條縫。

沒有去碰門把，他注意到門鎖又有被撬過的痕跡，和前一天如出一轍，不同的是對方這次成功了。推開門、開了燈，已做好可能被洗劫一空心理準備的嚴司，看見的卻是與出門前一樣整潔的家，擺設一點都沒有被移位，好像完全沒人造訪——

只有門口地板出現了一枚黑色鞋印。

就像他正要踏進門的動作，腳印就停在玄關處，但，那並不是他的。

看著奇怪的鞋印，嚴司想了想，越過多出來的痕跡走進房裡，幾個房間、浴室都走了一遍，沒有任何變動，完全沒有曾遭到入侵的痕跡，只有留在玄關的那個印子。

這是挑釁。

盯著地板上的印子，折騰了整晚的嚴司感到不快。先別說房子被陌生人入侵的不爽，還這麼刻意留了個黑鞋印，彷彿在告訴他這道門攔不住對方，對方愛來就來、愛走就走。

關上門，沒被撬壞的門鎖還可以上鎖，他隨手推了個小櫃子抵在門邊便走進浴室。

看著鏡子裡皺緊眉的自己，嚴司呼了口氣，「真是的，人生應該輕鬆點才對。」然後衝著自己笑了笑，脫掉衣服看著依然在脖子上的指印，他打開洗手槽的水龍頭。

和平常不同的紅色液體直接流出。

見狀，他立刻關上水，摸了殘餘的紅水，先用指頭搓了兩下後又嗅了嗅，接著拿下水龍頭的水閥，在裡面摳了幾下挖出個已經半溶解的紅色小錠。

這次再打開水龍頭，水已恢復本來透明清澈的樣子。

想了想，嚴司轉身扭蓮蓬頭和浴缸的水閥，也都出現一樣的東西。

抽了衛生紙包好這些東西，不打算沖洗的嚴司抽了毛巾，隨便扭水擦拭和盥洗，換了乾淨衣物就打開浴室門。

看來對方眞的是故意挑釁，這已不是一般小偷了，難道他曾得罪什麼人嗎？

當他正發呆時，丟在客廳桌上的手機響了起來，打破了詭譎低迷的空氣，也讓正在思考的嚴司回過神來。

打開手機，是完全陌生的號碼。

嚴司有點疑惑，不過還是接起電話，然後坐進沙發裡，「我是嚴司，哪位？」

手機另一端有幾秒完全沒聲音，只隱約傳來呼吸聲。

「你知不知道半夜打騷擾電話吵人睡眠很缺德，缺德的程度會讓你在天亮後衰一整天，走路時腳趾被車輪輾、喝茶被嗆到、坐椅子被針刺到，這就是因爲打了騷擾電話遭致對方的詛咒喔。」嚴司冷笑著說完後，正想按掉手機，突然聽見對方傳來聲音——

「……呵。」

「你哪位？」聽聲音好像是個男的，嚴司挑起眉。

通話就到此爲止，回答嚴司的是切斷通話的聲響，以及無機的電子聲。

莫名其妙。

按掉了手機，嚴司覺得今晚發生超多事情，整個人突然開始犯睏。

再度看了眼地上的鞋印，他聳聳肩，窗外的天色開始泛白了，看來應該暫時不會有事。

這樣想著，他丟開手機，往房間鑽去了。

反正不管是電話還是鞋印，都等他清醒之後再說吧。

□

嚴司的睡眠時間比他自己預估的還要短暫。

第二天清早，警衛的電話聲就硬生生把他吵醒了，他一肚子火，發現轉醒時才剛八點。

捂著爆痛的腦袋接了電話，才發現自己有訪客，請警衛讓對方上來時，嚴司換了件高領的衣服以免嚇到人，順便也把擋住門的小櫃子踢到那個鞋印上壓著。

幾分鐘後，訪客就站在他家裡了。

站在門邊脫鞋子的青年，正好就是昨天他和黎子泓聊到的朋友，這時間應該還躲在被窩才對，不然就是開車又跑去哪個漁港市場採購食材之類的。

一大早出現在這邊讓他小小驚訝了一下。

提著早餐過來的楊德丞上下看了看明顯沒有睡飽的朋友，皺起眉，「你在醫院待到天亮才回來嗎？眼睛都是血絲。」

嚴司揉揉眼睛，打了個哈欠，「你怎麼知道我去醫院？」他去醫院的事應該只有他知、被圍毆的同學知吧。

「……急診室的醫生是趙學長實習生的朋友，聽過他朋友說趙學長提起你的事，他看到名字之後打電話給實習生，實習生又打電話給趙學長，學長又打給我，以為你又怎麼了。」

「眞是錯綜複雜的經過。」嚴司還有點頭暈腦脹，隨便地點了點頭後就先去幫自己泡個茶醒腦，「所以我說認識太多人也不是好事，一有事情天下知。」

「少來，你不是又受傷了吧？聽說你有在那邊包紮。」楊德丞幫忙拆著早餐盒，拿了湯走進廚房。

「沒有，昨天有個朋友受傷，我去看看狀況，不是我受傷。」嚴司看著餐桌上的早餐，很不客氣地拿了新鮮三明治就咬，「也順便換個繃帶。」

沒聽見對方回答，反而聽到廚房傳來奇怪的聲音，他疑惑地走過去，正好看見楊德丞拿了東西在刷他的瓦斯爐。

看見屋主站在廚房門口，捲起袖子清理的楊德丞開口說：「阿司，你是不是熱東西時塑膠掉下去啊，融在瓦斯孔上，這樣很危險喔，如果堵住瓦斯燃燒不完全，你會瓦斯中毒。」把上面的殘膠弄乾淨後，本來要熱湯反而看見殘膠的客人這才扭開了瓦斯爐，看著火焰正常跳動後放上鍋子，「當法醫要更注意這些事情啊，難道你沒接過瓦斯中毒的嗎？」

「……大概是手痛煮東西時沒注意到吧。」嚴司吞掉最後一口三明治，盯著瓦斯爐若有所思地回答。

「你不是都盧我幫你送三餐了，還自己煮？我看多做點給你預備著微波吧，真危險。」楊德丞搖搖頭，將手洗乾淨後才端著湯走過來，「自己一個人住要多注意這種小細節，還好我在餐廳工作時都習慣先看看瓦斯和爐子。」之前在擺攤時曾出過小意外，所以他還滿注意這些事情。

「是是，感謝楊大廚師。」嚴司直接膜拜了一下對方，跟著晃了過去，「對了，反正都出來了，你可不可以順便載我去一個地方？」

「……老兄，我不是出來當觀光司機耶，我請人在台中港替我留了魚，等等還要衝過去拿耶。」帶早餐來的楊德丞看著某個還給他得寸進尺的傢伙，只差沒再一巴掌拍過去。

「我想去長安學長他家。」嚴司高高興興地撈著很有料的濃湯，直接說出自己的目的地，「昨天請人幫我查了一下，找到地址，不知道還有沒有住在那邊就是了。」

楊德丞頓了頓，皺起眉，「雖然我和他沒那麼多問題，但我也不想再和他照面。」

他們都是在醫學院認識的。

楊德丞的學業並不順利，就如嚴司和黎子泓知道的，轉做餐飲業後，已經和很多同學失去聯繫，現在有往來的大多是在中部這邊的醫院，大家知道他開餐廳後經常來捧場，甚至帶了很多醫院同事一起來，也是幫助他業績快速成長的原因之一。

不過就算是提早離開學校的楊德丞，也因爲很多事對那位學長沒什麼好感。

「唉呦，你想讓我自己拖著爪子另外找時間單獨去找他嗎？」嚴司舉起受傷的手，笑笑地看著從以前就很照顧其他同學的好友。

「賴長安跟我一樣沒畢業，但不代表他和我一樣能夠找到自己堅持的事，從還在學校那時就是這樣了，他找你肯定不會有什麼好事。」楊德丞嘆了口氣，「算了，還是和你走一趟好了，你那隻爪子包成那樣不能開車，搭計程車又麻煩。」那張臉上面還貼了好幾塊藥布，多半也會被計程車司機側目吧。

「放心啦，眞的要開還是可以，爪子前面沒傷到啊，搭在方向盤上還不成問題，不過還是謝啦。」嚴司揮著手，很認眞地回答。

楊德丞沒好氣地瞟了根本不懂客氣的友人一眼，決定換話題才不會讓自己先吐血，「對了，天氣這麼熱你幹嘛還穿高領，神經壞掉喔。」他從剛進門就有點介意了，雖說是短袖，但這種天氣穿高領根本不對吧。

「就突然想穿，看看可不可以把脖子束細一點。」嚴司也很隨便地回答對方的問題，叼著早餐，拿出手機先傳簡訊給聽說很忙的某人，免得對方一大清早殺來他家還撲了空。

「我看你是想不開要長一圈疹子了。」沒好氣地罵著，頗習慣對方從學生時代就這種不正經態度的楊德丞，在回話上自然也不會多客氣。

「別在意、別在意，這就是個人特色啊。」

「特你媽啦！」

他們從大樓出來時，已經快要九點了。

其間還發生楊德丞和嚴司的搏鬥，前者打算把消炎藥塞到某法醫的嘴裡，後者則說他本身就是醫生，很了解患部狀況，根本不到非吃那東西不可的地步。

最後楊德丞決定打電話給還沒上班的黎子泓，才讓嚴司乖乖地吞藥片，結束這場戰爭。

「你確定是這邊嗎？」

充當司機的楊德丞開著自己的寶藍色小箱型車，轉彎後進了不算小的街道問著。

看著那條滿眼熟的街道，嚴司抓抓下巴，回望發出詢問的友人，「好像是耶，地址是這邊。」

「……你都沒發現地址在你遇襲的地點附近嗎？」楊德丞冷冷地看著據說才來過沒多久的某法醫，再轉而看著路，大概隔三條街就是前幾天那個飲料商陳屍的地方，「我都不知道你是路痴。」原來這傢伙還有這種弱點。

「我對這區的路不熟啊，前幾天是邊問人邊用導航的。」根本就不是中部人的嚴司馬上反駁。

楊德丞無奈地搖搖頭，「你說的地址應該是第三家。」看著整排連棟的舊式透天厝，他很快就找到了嚴司所說的地址，很巧的是門口還有個像是外籍人士的女孩在澆花，「我下去問看看。」說著，他將車停好，逕自去向那個女孩子詢問了。

坐在車上聽他們用英文交談，嚴司有點無聊地打了哈欠。

正想跟著下車，他突然發現一旁關上的車窗玻璃有幾個不顯眼的指印，就壓在車窗右下角，相當接近門鎖的地方，而且指印痕跡漸漸加深，明顯到無法讓人當作錯覺，像是有什麼人正按著窗戶出力般。

嚴司看著那些指印越來越用力，正想著不知道車窗會不會破時，旁邊猛然傳來開門聲打斷了他的注意力。他一回頭就看見楊德丞開門上車，再轉回去時指印已經消失了。

「你在看什麼？」一上車就看見副駕駛座上的傢伙快貼到車窗上，楊德丞疑惑地詢問。

「世界奇景。」嚴司很認真地回答。

「什麼跟什麼啊……」楊德丞完全聽不懂，也懶得追問，乾脆先說起剛剛下車問到的事：「那個外勞說這間房子去年已經賣給她老闆了，現在是住家，她是去年來這裡照顧老闆媽媽的，只知道原屋主搬走後住在附近，但是不知道是不是我們要找的那個人。」

「先去看看？」

「就知道你會這樣講，我也問過地址。」楊德丞白了友人一眼，發動了車子，「還好外勞之前有幫老闆送過對方未更址時收到的書信，所以知道地方在哪。」

「運氣眞好。」嚴司看著外頭，愉快地說著。

「……運氣更好的是，他就在你們命案現場隔壁那條路。」

「……騙人的吧？」

楊德丞瞥了旁邊的傢伙一眼，「我現在嚴重懷疑你是不是最近帶賽。」居然會這麼巧，不怎樣的人剛好在命案現場附近，「該不會你受傷時那傢伙就在附近圍觀，還竊笑吧？」

「應該不會啦。」嚴司否定掉對方的揶揄，「如果他在，說不定是砍我的那個才對，絕對不是站在外圍。」

「我輸了。」楊德丞舉起單手說道：「你爲什麼可以說得這麼自然啊，可惡。」

「是事實啊，就像被圍毆的同學明明在做通靈，還打死說不做。」嚴司嘿嘿笑著，揉揉受傷的手臂。

「傷口痛？」楊德丞沒興趣討論那有點可憐的大學生，注意到對方的動作，皺起眉問。

「大概是發炎，放心啦，我自己會處理，又不是什麼大傷。」

一邊聊著，很快地，他們就來到了前幾天案件的現場。

聽說那戶人家的妻女目前暫時住到了親戚家，在親人、朋友幫忙下開始準備後事，家門口好幾處繫了白布，還沒撤掉的封鎖線依舊掛在外頭，有幾條已經被手賤的路人扯了下來，一半貼在地上，一半被風吹得亂飄。

想到自己就是在這邊被殺傷，害得手上的工作全都必須移交給別人，雖然能難得地放個長假，但嚴司還是感到很不爽。

說真的，他還是滿在意那個死者的狀況，雖然黎子泓與接手的學弟有告訴他解剖化驗的結果，不過還是自己動手比較有實際感。

順著外籍女孩的指引，兩人下車步行一小段路，最後停在一棟大概只有四、五層樓的小公寓前，一旁有公用樓梯和一排信箱，房子看起來有些些年代了。

「二樓的樣子。」嚴司直接按了樓下門鈴，等了半晌，對講機傳來接通的聲音，「長安學長嗎？」

門鈴對講機那頭沉默了許久。

「大概不是吧？」楊德丞瞪著沒再發出聲音的對講機，聳聳肩，「死心沒？」

「沒，應該沒有找錯，不然應該馬上回說沒有這個人。」才剛講完，對講機那端就傳來掛斷的聲音。嚴司朝友人笑了笑，還沒講什麼，一陣下樓的腳步聲後，小公寓的門已經被打開了。

站在門後的是個年齡與他們差不多、但看起來有些頹廢的青年，除了髮鬚亂長、不太整潔以外，連短袖藍條紋襯衫上都有一些奇怪的黃色斑點。

「長安學長。」有點訝異，但馬上就認出人的嚴司點了下頭。

這個青年——賴長安目光有點閃爍地看著兩名訪客，「你們來幹嘛？」

「我聽說你之前在找我，所以好像應該是我問你要幹嘛才對？」不喜歡把疑惑放太久，嚴司也很直白地開口：「這邊談？」

「……去外面吧。」賴長安頓了頓，似乎也知道對方要問清楚才會離開，他指了路底某間飲料店，「那邊。」說著，便越過了訪客，直接走在前面帶路。

看樣子還眞的得去，楊德丞嘖了聲，快步跟上。

正想再打量一下這棟背對命案現場防火巷的小公寓時，嚴司挑起眉，不經意地看見某個原本什麼都沒有的信箱口出現了幾根灰白手指。就好像有人在裡面惡作劇似的，五根指頭從送信口伸出，按著邊緣，一旁的空間出現了一隻眼睛，靜靜地從裡面窺視著他們。

嚴司知道這種舊式公寓信箱不太可能可以讓人把頭塞在裡面偷窺，除非那個人打算卡住出不來。

從伸出的手指可以判斷那是女性的手，而且，應該不是活人。

像是也注意到他的視線，手指慢慢向後縮走，接著眼睛也退開了，逐漸消失在黑色的小空間當中。

「阿司？」

走了一段路後，楊德丞才發現友人居然沒跟上來，又快步地往回走。

「來了。」嚴司揮了下手，又看著那個信箱，不死心地打開公寓的門往後看，果然什麼都沒有，然後又去挖剛剛那個信箱，還是沒東西，讓他默默地有點失望。

「你幹嘛！偷信喔！」楊德丞不知道他在搞什麼，抓住還想拆信箱的人，直接就往外面拖，「快點解決，快點回去。」

「你眞的很老媽耶，比我前室友更囉唆。」被拉著跑的嚴司沒好氣地說道，他剛剛本來覺得好像有哪邊不對勁，一被打斷想法就全沒了。

「……那我現在打電話叫小黎來。」楊德丞拿出手機。

「對不起，我錯了，請千萬不要。」

也不知道今天到底算不算是幸運日。

在踏進路底那家看起來不怎樣的普通飲料店後，嚴司意外地碰上了認識的人……其實也不算認識，只不過剛好在昨天才遇過。

「嚴大哥？」站在櫃台旁的店員一看見他也傻了眼。

「認識的？」楊德丞看著戴著眼鏡、有點忸怩的店員，扯了一下友人問道：「你有這類型的朋友？」他還以爲這傢伙的朋友每個都很精明……就算不夠精，認識久了也會被磨練得比較聰明，就是沒有這種看起來呆呆拙拙的。

「就昨天那個的相關人之一。」嚴司轉向蘇彰點了點頭，「好巧，不過我不是來找你的，不用緊張，請不用管我們。」

「欸欸、歡迎光臨，那這邊請。」在店長的瞪視下，蘇彰連忙幫剛進來的三人帶位，還帶到比較安靜無人的位置。

各自點好飲料之後，楊德丞就把那個畏畏縮縮的店員打發走。

然後現場陷入一片死寂。

嚴司歪著頭，等到飲料都上來了，發現還沒人想開口，連找自己的那位也整個人窩在座位裡，擺出一副臭臉，嘴巴仍緊閉不動。

聳聳肩，既然都沒人講話，那他只好先開口了，「該說好久不見嗎……長安學長，聽說你之前在找我，現在我都過來了，有什麼事要幫忙嗎？」這樣看著以前同校的學長，嚴司突然有種很奇怪的感覺。

記憶裡的這人應該總是意氣風發的，當年在學校還是個很搶眼的存在，連教授們都常常讚賞他；最後一次見面時，雖然兩人已有了過節，不過對方仍滿強勢的，和現在眼前這一塌糊塗又無神的人相差很多，如果不是長相沒變，他還眞的覺得對方應該是皮被外星人剝了。

嚴司想到黎子泓幫自己查來的資料，實在覺得有點可惜，他還以爲對方會像楊德丞一樣另外找到自己的路，但顯然並不是這樣。

「已經沒事了。」過了十幾秒，被兩人盯著的賴長安才悶悶地吐出這句話，沒什麼光采的眼睛看著已經和在校時不同的兩個學弟，「不過沒想到你們還相約來看我笑話啊，反正我現在也夠糟了。」

「對啊，超糟，看起來很像流浪漢，沒想到以前那麼整潔的學長也有這麼想不開的一天。」嚴司才剛講完，就被一旁的楊德丞用手肘推了一下。

「……你知道你這種講話方式從以前就得罪不少人嗎？」賴長安陰沉地看著對座的人，冷冷地開口。

「所以我才選擇不用面對各種活人的工作，以免哪天莫名地被仇殺。」也很有自知之明的嚴司勾起笑，「是說雪怡學妹現在還跟你在一起嗎？」

賴長安頓了頓，神情明顯起了變化，像是有點激動，「沒有，不要再提她了。」

楊德丞和嚴司對看了一眼，不知道是怎麼回事，心想可能是分手了便停住這個話題，識相地沒再問下去。

賴長安喝了口甜膩的飲料，放下杯子咳了聲，「……前兩天那個凶殺案是你協助的？」

「是啊，學長有去看熱鬧？」嚴司這下眞的有些意外，微微睜大眼睛，「沒想到長安學長還關心我們？」

「新聞提及法醫離譜到被砍傷，還寫你的名字。」平淡無奇地陳述自己是怎樣知道的，賴長安完全不搭理對方的問話，「那天外面很吵。」

「學長有看到嫌犯？」嚴司想起對方的確住在那條防火巷的另一邊，馬上坐正，「逃跑路線之類的有看見嗎？那天員警在附近訪查時你有告訴他們嗎？」

「我什麼都沒看見。」賴長安只回答對方這七個字。

「可惜，那天因爲大家都跑出來外面看熱鬧，結果反而沒人看到嫌犯的逃亡路線。」嚴司嘆了口氣，玩著冒了一堆水珠的玻璃杯，「嫌犯很狡猾，幾乎沒留下什麼可用的線索。」

「跟我講也沒用。」賴長安猛然站起身，已經不想再和對方扯下去，從口袋裡掏了張縐巴巴的鈔票扔在桌上，「沒事不要再來找我。」說完，也不管另外兩人怎麼想，直接離開了店家，中途還撞上那個戴眼鏡的店員，但是他連頭也沒回，更別說道歉了。

「嘖嘖，態度有夠惡劣。」楊德丞看著那張放在桌上的鈔票，搖搖頭，「以前在校時態度好像沒這麼差吧，你剛剛幹嘛沒事跟他扯那麼多廢話，嫌犯啥的不用跟他談吧。」

「喔，公事歸公事，如果他看見了最好啊。警方那邊到現在都沒找到有效線索咧，這和我們有沒有私人恩怨不相干咩。」看著人剛好從窗外經過，筆直地走回那棟小公寓，嚴司也不知道爲什麼覺得有些好笑，「這樣算好了啦，起碼還坐下來談了，不過，他現在沒和學妹在一起倒是讓我有點意外。」他以爲之前都同居了，之後應該還是會住在一起。

「是啊，眞意外，我還以爲那女的會纏他一輩子，沒想到在我們不知道時已經分了，這樣你滿意了嗎？我可以去拿我的魚了沒？」楊德丞沒好氣地瞅著這沒事找事做的傢伙，也懶得繼續留下來喝這些便宜的香料色素，直接拿了帳單去找剛剛那個店員付帳。

先走出店門等待時，嚴司還是再次看向了小公寓，並沒有發現剛剛那個玩意，也不知道那種東西出現代表什麼意思。

不過，如果被圍毆的同學常常看見這樣的東西，那他的心臟還眞不是一般地強。

因爲常看屍體，所以比較麻木的嚴司倒不覺得有什麼，但是普通人應該很難接受，尤其還是年輕人，所以說被圍毆的同學也算是不容易啊。話說回來，他經常看見還是可以繼續正常過生活，果然還是有吃這行飯的料，幹嘛不快點走向專業通靈之路？操作得好，收入還不錯說。

「你在看什麼?」付完帳，剛走出店家的楊德丞邊收起皮夾邊問道。

「你給他名片?」嚴司看友人推著錢包裡的名片夾，沒回答反問。

「喔，那個學生一直追問我們的工作地點，說存到錢後要拿去還你，所以我給他我的名片，跟他說我們都是餐飲業的，叫他拿來店裡省麻煩……你沒事借錢給不認識的人幹嘛?」楊德丞把皮夾塞回口袋，搭著對方的肩膀，直接押著人走向停車處。

「一切都只是剛好，而且我是幫被圍毆的同學賠他衣服錢，總不能人家當好人還倒貼吧……都跟他說過不用還了，真是。」

「你根本是吃飽撐著。」楊德丞笑罵著對方，拿出鑰匙正想按下防盜鎖時，猛地頓了頓腳步，不敢置信地看著自己的小箱型車。

大概半小時前還完美無缺的寶藍色小車，面目全非地迎接他們。

「哇喔。」看著整個外殼被刮花，窗戶還全都裂開出現蜘蛛網紋的車子，嚴司也愣了很久。

楊德丞好半天才回過神來，震驚地繞了車子一圈，「我靠，太過分了，到底是誰這麼缺德啊!」在短的時間內就把車子毀損成這樣，還把窗戶全都敲破了，根本不是惡作劇，是超級惡意。

嚴司打量車子的慘狀，倒是有點疑惑，「奇怪，車頂也有刮痕耶。」看著車頂，那些刮痕從側邊一直延伸到上方，他踏著一邊爬上去看，果然車頂也全都是。

這點就說不通了，一般刮車子不會刮到車頂上吧。

嚴司不經意地看著自己按著的鈑金，突然發現那些痕跡與自己的指甲好像還對得上，五道五道地很有規律，但是尺寸小了點，像是有人用指甲把車刮成這副德性，不過照理來說，這應該是不可能的事。

「總之，先報警再說吧。」

□

在友人與警方處理車子時，嚴司又意外地遇到了那個學生。

「咦、咦……你們還在喔？」提著一包黑色東西，甫從飲料店出來的蘇彰也很意外早早離去的人還在附近。

「車子出了點問題，你們這邊常常有人花式刮車嗎？」頂著大太陽，已經冒了滿身汗的嚴司拉著高領，覺得呼出來的空氣都是燒灼的。

蘇彰連忙搖頭，「沒有、沒聽過，第一次看到。」他也注意到嚴司的動作，然後偷偷看了眼還在和警察檢視車子的楊德丞，「要不要先到我家等一下……我就住在附近而已，旁邊上面。」指著不遠處的小公寓區域，這樣說著。

住在附近？

那天晚上雖然曾聽他報過地址，不過這傢伙的聲音本就不大，加上嚴司又沒有特別記，也不確定他當天說的是不是這邊，「不用了，我看等一下就好了。」

「那個……可能對傷口不好吧。」蘇彰指著對方有點沾濕的紗布，釋出善意的笑容，「臉上的也是，我租的房子有冷氣，先上來坐坐……比較舒服。」

「阿司，你先去他家坐一下吧。」楊德丞正在爲自己的車子頭大，聽到一旁的對話，直接插了進來，「我這邊可能還要花點時間處理，等等還要叫車廠來拖車，好了再叫你下來，還是你要先叫計程車回家？」

「既然你都這樣說了，那我先去他家等你好了。」意識到自己是傷患，待著也麻煩，嚴司聳聳肩，接受了蘇彰的好意，「那就打擾了。」

看來有點高興的蘇彰連忙笑了下，「不會，我就住在旁邊那棟房子的三樓。」說著，他就領著嚴司往小公寓走。

跟著走的嚴司一整個詫異，他本來以為他住的是旁邊的公寓，但是蘇彰帶他過去的居然是賴長安所住的那棟，賴長安正好就住在這個學生的樓下。

今天不知道走了什麼運，眞是見鬼了。

「這是工作同事叔叔的房子，閒置不用了。」蘇彰邊開門，邊有點緊張地告訴跟在後頭的人，「租金很便宜，大概三、四千塊……」

「我又沒問租金多少。」根本沒興趣租金問題的嚴司聳聳肩，打量著小公寓。其實從地段和屋況他大概可以看出這邊租金應該不像他說的那樣。不過如果是向認識的人租，這種低到見鬼的價格是可以理解的。

就在蘇彰笨手笨腳地開門時，二樓的門打開了，隔著鐵扶桿的樓梯間，嚴司可以看見從二樓出來的人，對方見到他也愣了一下。

「你下來！」

賴長安馬上開口喊人。

嚴司挑起眉，直接掛在樓梯邊，笑笑地告訴對方：「先說，是這位蘇同學找我去他家，我可不打算打擾學長喔。」就算有，也不會這麼迂迴就是了。

也不知道為什麼，賴長安看起來好像相當生氣，但又不像那種針對他的怒氣，總之他重重踩著樓梯，衝上來一把拽住嚴司就往二樓走。

「等、等一下。」也很錯愕的蘇彰當場愣住，不知道是怎麼回事。

嚴司被扯著下樓，出乎他的意料，賴長安不是把他攆出去，而是直接拉進二樓的住家。

公寓裡的空間比他想像中小，兩房一廳，不知多久沒整理了，地上丟滿了垃圾和書籍，還有一包包不知道是什麼的東西堆在玄關邊。

「長安學長，你的房子可能要找專業清潔公司比較夠力喔。」看著還有小強在爬的牆壁、又聞到不知道從哪邊傳出來的臭味，嚴司很認真地建議。

賴長安用力地關上門，黑著一張臉，打開屋內的冷氣，機械吃力運轉的聲響直接充斥整間混亂的屋子裡，「你到底想幹什麼？」

「沒什麼，剛剛就說是樓上蘇同學找我去的。」嚴司踢開了一地亂七八糟的雜誌，逕自坐下，「你家的冷氣好像快死掉了。」聲音眞的很大，整間屋子隆隆作響。

「你如果再接近這裡，就是你死。」賴長安冷冷瞪著還在嫌的人，並不打算多說什麼。

「嘖嘖，眞可怕。」嚴司看著後頭的窗戶想了想，懶得應付陰晴不定的屋主，很自動地走過去打開後窗，果然是那天看見的防火巷。不過這棟公寓的位置比較遠，隔著一個轉角，不能直接看見飲料商的家，「你們這邊應該常遭小偷吧。」

「你怎麼知道？」賴長安的聲音從後面傳來。

「防火巷的雜物太多了，而且我看到八、九成住家都加裝了鐵窗，學長你應該也去裝，不然很容易被入侵。」那天的凶嫌可以飛快逃逸不是沒有原因。嚴司看著那些違蓋的鐵皮頂、陽台、遮雨棚，猜測那個凶嫌應該早就計算過逃亡路線，難怪會這麼肆無忌憚。

往上一看，三樓的蘇彰也沒有加裝鐵窗，不知道是太窮了還是怎樣，看起來很不保險。

「這種地方沒有人會想進來偷。」賴長安看著滿地的垃圾，冷笑了聲，「你以爲是你那種高級住宅嗎？」

「不管什麼等級的住宅都會有人想偷啊。」嚴司想起那枚黑鞋印，勾起了笑，「就算是垃圾堆裡也會有寶物，只是學長自己不知道。」

後面沒了聲音。

嚴司回頭一看，見屋主正在翻弄手上的時裝雜誌，完全不搭理自己。

聳聳肩，反正是對方讓自己進來的，他也就不客氣了。從窗戶探了半個身子出去，嚴司盡可能地評估著凶嫌逃逸的路線，那時候追出來的虞夏對於逃逸路線應該也有相當的記錄才對，他記得那個嵩山弟子也追得滿遠的，就不知道有沒有經過這邊。

「我出去買東西。」賴長安霍地站起，不知道是不是受不了與對方共處一室，他丟開了雜誌走出房子，「你們車子弄好馬上滾出我家。」

看著屋主出去、甩門，嚴司聳聳肩。

□

楊德丞處理車子的時間比他想像中還久。

所以一個人被丟在屋裡的嚴司，用丟雜誌的方式打死第二隻牆壁上的大黑蟑螂後，開始無聊地整理起一些書和物品。

不知道怎麼回事，屋裡的雜誌和書籍不少，有些是女性雜誌、有些是醫學雜誌，再來就是報紙之類的。

他看了一下，屋裡也有網路線，不過是接到房裡，大概在房裡有使用電腦。

關掉了根本不怎麼涼還很吵的冷氣之後，嚴司踢開一本星座雜誌，接著頓了頓，目光停留在地上的黑色腳印上。

像是有誰曾踏過去般，藏在書下的腳印非常清晰，但和他家那枚不同。這個雖然也黑，但不是那種化學的全黑，而是有點暗紅的黑，而且還有厚度，方向是從後窗戶往屋內。

嚴司挑起眉，蹲在腳印邊，用指甲刮了下那腳印，然後搓著手中的碎末，接著往腳印方向又翻開雜物，果然沒多遠就看到還有一半的腳印，同樣也呈現黑色、藏在書本雜誌底下。

一路清過去之後就沒看到其他的了。

扠著手，他想了半晌，便去解開丟在玄關處那一袋袋垃圾，從裡面倒出了不少破爛的雜誌、書籍，還有正到處鑽動的蟑螂與吃完的飯菜盒子，怪異的餿臭味更濃了。

嚴司翻了幾袋還不小心倒出惡臭的菜汁後，終於找到自己猜測中的東西。就著一旁撿來的衛生紙，他拉出一張一樣有著半枚腳印的縐報紙，還順手彈掉上面的小強。

「眞麻煩。」看著報紙，袋子裡還有好幾張也都被揉成了一團，上面沾了一堆菜汁，勉強可以辨認離出報日已有段時間。嚴司蹲在垃圾袋旁，嘆了口氣，丟下那些東西，走到廚房先洗了手，拿出手機打算直接撥給虞夏。

他邊走出廚房，手機還未接通時，猛地注意到房門被打開了，並不是有人回來那種推開大門的方式，而是被打開一條小縫，從外伸進幾根手指頭，就這樣安安靜靜地抓在門板上。如果是一般手指就算了，嚴司夾著電話，看著那幾根沒血色且還有點浮腫的紫灰色手指頭，接著走過去，猛然將門打開。

空蕩蕩的樓梯間一個人也沒有。

歪著頭看了半晌，他再度關上門順便上鎖，手機那頭的人可能在忙沒有接聽，直接轉到語音信箱。

嚴司掛掉電話後，才一回頭，就聽見後方再度傳來輕巧的開門聲，再轉頭看，大門同樣又被開了道縫，幾根手指慢慢地由外伸進來，悄悄地抓住門板，一點一點地向內推開。

這次不等對方逃走，就在門邊的嚴司突然一腳踢上門，把那幾根手指夾得一僵，全都攤直開來。

就在他想原來這招有用時，手指再度抽走消失，打開門還是什麼都沒有。

嚴司站在什麼都沒有的門口，思考了幾秒，心想大概是多久的屍體，邊關上門回頭時，他突然發現剛剛自己打開的窗戶那兒懸著個黑黑的東西。

那是個倒掛在上面的人，正確來說那是個女人，只出現了胸部以上，黑黑的東西就是她上下顛倒而飄落在空中的長髮。

與剛剛手指相同顏色的臉完全沒有表情，但是眼睛大得異常……應該說他看見的是那張女人的面孔上有兩個大大的血窟窿，很像被人把皮肉鑿開似地整個皮翻見肉，眼珠子就鑲在裡面，直直地看著站在屋裡的人。

可能因爲曾看過更淒慘的死法，對於窗戶外倒掛著這樣的東西，嚴司只愣了兩秒，接著馬上往窗戶方向跑去；不過對方的動作比他更快，瞬間便消失在窗戶上，但不是他所想那種憑空消退法，而是往上、好像有什麼力量把她拉上去那種感覺。

嚴司按住窗框，向上看卻什麼都沒看見。

「嘖。」嚴司有點可惜地扼腕著，正想回屋裡時，突然注意到自己按著的窗框上好像有些什麼，因爲太小了所以剛剛沒注意到。仔細一看那是個黑紅色的污漬，似乎被人擦拭過，但並沒有處理得很乾淨。

抹了下那個污漬，他皺起眉。

現在仔細一看，窗戶下的外牆也有一點，都是被處理過的痕跡。嚴司抓著窗戶，大半個身子探了出去，用受傷那手抓著手機將外面的點點拍下來。

就在他完全專注於下方的黑點時，某種毛毛的東西突然從上方垂落在他後頸，一根根不斷掉下來，貼在他的脖子上。

雖然他今天穿著高領的衣服，但還是有露出來的地方，而且漸漸增多的線狀物很快地貼上了他的後腦。

嚴司維持著原本的動作，不動聲色地將手機翻過來，直接朝身後按了快門，接著猛然轉過身，卻什麼也沒看見。

「奇怪了，難道被圍毆的同學也常常遇到這種的？」看著剛剛用手機拍下的相片，除了有一點點自己的臉側，也是什麼都沒拍到。

這樣說來，上次水塔那個還和善多了，起碼輪廓拍得很清楚。

聳聳肩，既然什麼也沒有，那還是先把手上的事做完再說。

嚴司第二次探出去時，連手機都還沒有對準牆壁，就瞬間感覺到有人從上方重重地向他一推，力道大得不是人類可以想像。他還來不及抓著對方同歸於盡，人就這樣失去平衡朝外面摔了出去，直接掉進堆滿雜物的防火巷裡。

那瞬間只感覺到劇痛，還有不知道撞到什麼鬼東西所帶來的暈眩。在幾秒無力感後，嚴司才意識到那個東西真的是懷著惡意衝著他來的……幸好手機沒有撞壞。

還有，他一定要去舉報這個死防火巷，太多亂七八糟的東西了。

迷迷糊糊時，嚴司似乎瞥到雜物下的地面也有幾個黑色的點點，但他已經沒力氣去翻那些沉重的雜物了……

下一秒，他直接昏死過去，什麼也不知道了。

救護車的聲音非常大。

那種聲響巨大到像要敲碎人的骨頭，逼近時震撼得讓人心驚，提醒著人們裡面是正等待救助的生命。

讓路、讓讓路——

「大學生、快點送過去……」

鬧哄哄的聲音從車上湧進了急診室。

恍惚間，依稀記得大家本來鬧得很高興，但喝酒的學長太多，最後都癱死在屋頂天台上，不太喝酒的他好笑地按之前的吩咐扶著趙學長下樓，將他拖回房，才不會讓他對女朋友難以交代，接著他遇上了其他同學，在走廊上瞎扯了半天才想到上頭還醉死了好幾個朋友。

看看時間，都半夜二點多了，如果在上面睡一個晚上，天亮後八成會全部帶著鼻涕排隊去掛號。

就說過不要聽誰的起鬨去搞什麼全都倒在一起的特調雞尾酒，果汁加烈酒根本是越喝越起勁啊，受不了，明天頭痛上課被老師釘可不關他的事。

正想找室友幫忙去把那些人搞下來時，他才想起對方因爲自強活動，昨天已經出發到山上了，而這種時間去叫其他人幫忙八成會因爲擾人清夢被掐。

想想，還是當次好人一個個拖下來好了。

按了電梯上頂樓，他的腳步停在頂樓門邊，不知道該怎樣邁出去。

那堆認識的學長、同學亂七八糟地全倒在地上，烤肉的爐火早已熄滅，紙杯也被風吹得亂滾，上衣和牛仔褲也被扔得到處都是。

然後，他看見衣衫不整的學妹蹲在那些人旁邊，漂亮的面孔露出一種奇異的笑。

□

被某種聲音吵得沒辦法繼續昏死下去而悠悠轉醒時，他彷彿又回到那時候的頂樓上，光影交錯間，那些記憶中的畫面已全都褪下，取而代之的是白色的天花板和熟悉的消毒水味。

「嚴大哥？」

一旁傳來探問的聲音，接著轉向另一端，「小聿，去和護士說人好像醒了。」

嚴司有點不太確定地眨了眨眼睛，轉動了頭部，看見就坐在身旁的人，「呃，被圍毆的同學？」

虞因沒好氣地賞了對方一記白眼，倒是沒像平常一樣反駁，「你等等，醫生來了。」說著，他讓開位置，讓小聿帶回來的醫生先做檢查。

簡單問答幾句之後，醫生在交付了些話後離開。

這時嚴司已經差不多清醒過來，他呼了口氣，確定身體該沒什麼問題後，自動自發地移動身體，半坐了起來，「你怎麼會在這邊？」沒想到一睜開眼就看見虞家兩隻小的，這倒是讓他很意外。

摔下樓那瞬間的記憶還有，照理說應該會是看見楊德丞或是賴長安，不可能是他們。

「我是來複診的。」虞因揉著肩膀，想了想，挑了個對方可以簡單理解的解釋方式，「然後在醫院遇到鬼打牆……」那個女生不知道爲什麼冒出來，害他硬生生和小聿在醫院裡繞很久，好不容易走出去了，卻剛好碰到嚴司被人送進來。

「只有我嗎？」

「喔，好像還有兩個人，一個不知道爲什麼不見了……明明下救護車時我有看到他跟你一起下來說；另一個楊先生剛搭計程車到，在幫你辦手續。」虞因稍微說明了下，他認識那個開餐廳的楊先生，但是另一個看起來很髒亂的，他就不知道是誰了。

聽對方的描述，嚴司知道送自己來的應該是賴長安，大概是不想跟他有什麼關係，所以看到楊德丞時便閃人了。

「然後我二爸也在外面，等等就會來問你話了。」說到這個，虞因的臉就垮了下來，「結果我一早就破功了。」

「猜得到。」嚴司看了看一旁還是沒什麼表情的小聿，轉動著有點麻的手，這才發現衣服被人換過了，摸摸脖子果然也有包紮，看來虞夏應該有看到掐痕，難怪會說等等要來問他話，「你家從睜開眼睛就開始進行格鬥，不破功才有鬼。」他也去吃過人家幾次早餐，當然見過虞夏打小孩的樣子，不分時間，皆可動手。

「不是，警局打電話給大爸。」一講到這個，虞因就整個哀傷，「說那個是故意的殺傷，要我去配合作調查。」接著，他就被虞夏壓著海扁了。

而且他家兩個大人都以爲他又去招惹什麼，所以一大清早根本是在凶狠的雙人訓話中度過，接著出門時小聿就黏上來了，說好聽點是怕他又有意外，說白了根本就是來監視的嘛。

嚴司點點頭，早就知道會這樣，也沒講什麼。基本上昨天他和醫生研究完後，多少就猜到醫生會馬上打電話回報警局，所以一點也不意外。

「是說，嚴大哥你的脖子到底是……？」看到那個掐痕時虞因也很訝異，畢竟摔下來應該不會有那種痕跡。現在仔細想想，昨天半夜就穿著高領衣服的嚴司早讓人覺得怪怪的了，原來是在遮那個痕跡。

可是稍早去對方家裡時人還好好的，難道中間曾發生了什麼事？

「我也不曉得，一覺醒來突然就有了，很確定最近沒有刺激的一夜情，以前也沒有，睡覺時可能姿勢差了點，不過應該也不是睡到自己去掐自己。」嚴司下意識摸著脖子上的包紮，滿輕鬆地說道：「不過我也是昨天才發現原來我睡覺可以睡死到毫無知覺，實在是太厲害了。」

虞因懶得去理對方那些不正經的話，心裡有數地皺起眉，拿過自己的包包，翻了方苡薰他們給的奇怪護身符，「嚴大哥，你先帶著這個好了。」連掐痕都有未免太誇張了，但是他幹嘛要藏著不講啊？

「不用啦，又不是什麼大事。」就是覺得親朋好友會大驚小怪才嫌麻煩什麼都不想說，嚴司推掉對方遞來的東西，「而且被圍毆的同學你比較需要吧，搞不好借我後你又去跳樓還是跳海，老大不直接掐死我才怪。」

「這次跳樓的明明是你吧！我是認真的……嚴大哥，難道你都沒發生奇怪的事嗎？」都掐到脖子上來了，還不是什麼大事，虞因完全不信任眼前這傢伙，「雖然很不想這樣說，可是根據我的經驗來看，一定還有其他事情才對，除了之前我看過的那個黑影，到底還有哪邊有問題？」自己之前眞是太看得起對方了，原來根本不是他運勢好，而是根本不肯講。

「……被圍毆的同學，你就不用問太多了，反正我大概知道是誰跟著我，我想我應該有辦法解決，所以眞的不是啥大事。」自看見陽台外面那個女人之後，嚴司馬上就明白最近自己看見一連串靈界奇遇到底是怎樣來的了。

「你還是帶著比較好。」虞因把手上的護身符又往前一推，「反正這兩天我都和小聿在一起，他也有一個，沒啥關係。」

「免了，我沒什麼特別的宗教信仰，帶了也沒用。」嚴司笑笑地推了回去，不太喜歡帶這些東西的他很堅持，「放心，我知道怎麼處理。」

虞因都快翻白眼了，「最好是你很懂啦，那靈界之路你去走好了。」居然在一個有陰陽眼的人面前說他知道怎樣處理。

「我也只知道這個啊。」

如果死前跟死後所執著的差不多，那嚴司的確知道該怎麼處理。

看對方眞的不收，也拿他沒輒的虞因只好收回，「對了，你最近有接過女孩子的案件嗎？大概是這種高度，十五、六歲左右……」比劃了一下自己另外看見的那一個，又形容了一下相貌和大約的年紀，結果嚴司聽完後卻搖搖頭。

「沒這個。」嚴司邊聽對方講邊核對自己的記憶，確實沒有收過這種的。

「奇怪了，可是明明是從你家離開後跟上來的，難道是還沒找到？」虞因也疑惑了，但那個女孩出現時也沒有給他明確的指點，不知道對方到底要幹嘛？

「難道你有錯過什麼第三類指示嗎？」按照虞因每次撞鬼的經驗，嚴司這樣詢問。

「我也不曉得，應該是沒有吧？就算錯過，她也沒有再向我提示啥啊……」不過昨天是想要自己去現場才如此執著嗎？可是今天又鬼打牆把他纏住，眞不知道在搞什麼鬼。

「反正順其自然吧，不過被圍毆的同學，你最近防身術有沒有練好一點？你每次碰到阿飄兄弟們不是頭破血流就是捱鐵砂掌，難得現在又碰到了，自己出入要小心一點啊。」有時嚴司會覺得搞不好就是虞夏打人打太多了，因果循環換他家小的被打。

「並沒有每次啊！而且這次受傷的明明是你！」虞因馬上反駁，最近在家沒事常常被虞夏拖出去打外加練習，現在還餘悸猶存。雖然也因爲如此，這次才只傷到肩膀，但一想到那些練習他就覺得超可怕，打了一、兩個月才終於開始可以弱弱地還手，都不知道自己是怎樣活下來的。

一想起那段黑暗的時光，虞因就覺得眼睛發酸。

正想繼續揶揄，病房門被人推開，打斷了他們先前亂七八糟的談話。

看見來人，虞因立刻閉嘴閃到一邊，他可不想在醫院又討一頓皮肉痛啊。

□

「這是你的手機。」

虞夏坐在一旁，把剛剛從醫院那邊拿到的東西遞還給病床上的人。

「喔，謝啦。」看著沾了點血的手機，嚴司抽過衛生紙擦了擦，幸好沒有摔壞，只是髒了點。

「你可不可以解釋一下，你幹嘛在賴學長家跳樓？」坐在另一邊的楊德丞黑著張臉，看著全身擦撞傷的友人，完全不明白自己只不過離開一下子請車廠來處理，結果居然處理到救護車都出現了，才看到那個去納涼的傢伙被抬出來。

「我想八成是因爲要栽贓嫁禍，好報復以前在學校的不愉快之類的。」嚴司也煞有其事地認眞回答這個問題。

站在一旁喝飲料的虞因嗆了下，想著等等如果警察和百姓跳起來聯手圍毆某法醫時，要不要幫忙叫醫生……

「別鬧了，我打電話給小黎如何？」確實很想揍對方一拳的楊德丞好不容易才止住衝動。

嚴司抬起手，「好吧，不小心摔的。」說著，他轉向了虞夏，先說重要的事：「我不確定跟你的案子有沒有關，但我在那戶看見好幾枚血腳印。窗台上和外牆有血點，一樓雜物下也有液體自高處滴落的痕跡，不知道是什麼血就是了。」

虞夏皺起眉，「我馬上調人去查。」說著，他快步走出病房打電話去了。

「還真快，正想跟他說我拍了相片。」嚴司按著手機，原本只是想看看自己有沒有拍偏，但看了幾張後，他瞇起了眼睛。

「相片有問題嗎？」這麼說著的時候，不只楊德丞，連虞因和小聿都跟著靠了上來，把病床邊塞得滿滿的。

「該說有問題嗎……？」看著那張相片，也不知道該覺得興奮還是有趣，嚴司將手機轉向擠在一旁的那群人。

那張是自己摔下去前朝身後拍的相片，當時檢視時明明什麼也沒看見，但現在除了自己的臉側外，原本空空的地方卻出現了張模糊不清的臉——黑髮從上瀑散下來，乍看之下好像是頭部被塞在四散的頭髮裡；而那張臉上，最清晰的就是血色的眼眶和那兩顆突出的眼珠。

「不知道傳給玖深小弟會怎樣。」嚴司嘿嘿笑著，決定把這張和那些血點照一起送給同僚去分析。

「……你要嚇死玖深大哥嗎？」虞因完全可以猜到鑑識人員的反應，沒好氣地看著經常欺負人的傷患，「這個看起來很凶耶，應該是什麼凶殺案吧，怎麼會纏上你？」就算他不是什麼靈界高手，但那張模糊的臉透出的惡意連他都看得出來。

「因爲是舊識吧。」嚴司歪著頭，看著一臉震驚的楊德丞，「雖然很模糊，不過輪廓應該還分辨得出來，你覺得是不是？」

「好像是。」楊德丞甩甩頭，抹了把臉，也不知道該講什麼，乾脆站起身去洗手間洗把臉冷靜一下。

看他們倆的表情都怪怪的，就算遲鈍如虞因也可以猜得出什麼來，「你們認識這個……阿飄？」嚴司就算了，但那個楊先生在看到相片那瞬間明顯被嚇到了，加上之後的對話讓他不得不這樣猜。

「我在想應該是以前學校的學妹，雖然臉的上半部變成這樣看不出來，不過整體輪廓倒是沒變太多。」尤其嚴司在屋裡曾見過完全立體清楚的……他關掉了手機，若有所思地說著：「沒想到畢業後會是透過靈界重逢啊，人生果然有很多驚奇。」

進入這行時，他早就有心理準備遲早會驗到認識的，但倒沒想到會有這種接觸方式。

「呃……」不管是屍體還是阿飄，這種時候最不想看見的就是自己認識的人，所以虞因也不知道該講什麼，講節哀順變好像很風涼，也就乾脆不講了。

過了一會兒，楊德丞坐了回來，臉色還是不太好，「你覺得長安學長知道嗎？」

「多多少少。」嚴司把玩著手機，想著各種可能，「其實我本來就不太相信學妹會願意和他分手啦，這樣看來，學長應該知道學妹已經通往靈界了。」難怪那時他會是這種反應，就不知道他與學妹的死有沒有關係。

「……跟你討論這種事沒什麼緊張感耶。」不知該好笑還是好氣，楊德丞瞪了眼友人。

「人生要輕鬆一點比較好。」嚴司笑了笑，很認眞地這樣覺得。

「不然你是想要多輕鬆？」楊德丞看著輕鬆得太過頭的傢伙，突然認爲那個學妹會找上他絕不是沒理由，這傢伙大學時就是這種態度，才會得罪超多人。

「這點我也很想知道。」

嚴司還沒回答，房門又再度被開啓，聯絡得差不多的虞夏走進來，後面還跟著讓他覺得超級不妙的人。

「你不是沒和我前室友說嗎？」看著臉色黑了的人，嚴司抓住一旁的楊德丞低聲抱怨。

「對不起，那是小事聯絡的。」一旁的虞因連忙開口解釋，「我知道時他已經傳了簡訊。」他深深覺得小聿有成爲間諜的潛力。

嚴司看了眼旁邊還是一臉沒表情的小聿，整個人無力。

「你先把事情解釋一下吧。」

看著滿房間的人，嚴司突然覺得自己好像人緣還不錯。

「你自己心裡有底，知道那掐痕是怎麼來的吧。」坐在一旁的家屬床邊，黎子泓用的是肯定句，讓一邊的虞夏也挑起眉。

「應該是學妹沒錯吧。」嚴司抓抓頭，也趁著被問話的空檔稍微檢視自己的傷勢，比較嚴重的就只有摔下來時腰側撞到水泥塊，其他都只是輕微撞傷，看來可以直接辦手續回家了，「我在長安學長家看到時就確定了，手指大小也差不多。」

「你學妹這麼恨你喔？」虞因很好奇地問道。

「我看我簡單講一下以前的事情好了。」嚴司看著在狀況外的虞家三父子，想了想既然相片看來是凶案，原本不打算講的私事，也不能不開口了：「賴長安是我和德丞系上的學長，大我們兩屆，就是那個房子的屋主；相片上的女生叫廖雪怡，是小我們一屆的學妹。」

早就知道這些事情的黎子泓習慣性地打開了錄音筆，靜靜地放在一旁。

「入學時就聽說這個人了，後來新生訓練時他和幾個學長姊來帶新生，所以那時就認識了，而且他還很直接說我講話方式很有問題，在這種競爭比較大的系所會得罪很多人。」無視臉上赤裸寫著「對方還真坦白」的一堆人，嚴司不以為然地聳聳肩。

黎子泓默默地看著友人，不得不同意賴長安的見解。嚴司的生活態度本來就比較隨性，講話也常常隨著自己意思還加上亂七八糟的內容，有一定程度認識的人只會覺得又好氣又好笑，但如果遇到比較敏感的人，通常給人的第一印象大多是負面的，所以表面上人緣雖好，但對他有意見的人也相對地多。

「然後我就得罪他了。」嚴司靜默了兩秒，發現沒人想搭理他之後，就沒趣地繼續講下去：「好像是他覺得我的學習態度很隨便之類的，所以大一時他還滿討厭我的，不過熟了之後反而曾當過一陣子朋友。」

「你有告訴他你家裡本來就是從醫的嗎？」因為曾是室友，黎子泓知道這傢伙學習上比其他人輕鬆的原因是因為家裡從醫的關係，從小就接觸到許多相關知識，且小學、國中開始就會去參加某些私人培訓課程，也曾見過一些生死場面，也因此累積到一般學生不容易接觸到的經驗；相對地，學過的課程就不太專心，不知情的人便會覺得他學習態度不佳又散漫。

「沒啊，反正大家的作業報告都一樣，何必多事去講那些。」就這點來說，嚴司可是努力想減少麻煩，要知道他們常常有要蒐集藥品還是什麼藥理的作業或報告，須要跑藥局、醫院做作業，如果告訴別人他家人從事相關行業，那不就都偷懶跑他家找方便了嗎？

有時候要靠自己的勤奮才可以學到東西，所以嚴司也是乖乖跟著小組到處衝鋒，沒有轉頭回家裡抄捷徑。

黎子泓知道對方會認爲他隨便的原因後，點點頭示意友人繼續說下去。

「嗯，總之二年級之後誤會也差不多解開了啦，大家打個球、聯誼幾次就差不多冰釋了，而且對方也認識了新進來的學妹群，個性變得比較圓融一些，所以有陣子我和學長走得滿近的，知道他的腦袋很好，所以從小便不斷拿到各種學業上的獎項，是一路在掌聲中走過來的那種人。」嚴司搔搔臉，想了想，撿了比較不那麼嚴重的往事說：「然後他就會覺得他生活在上面是理所當然……你們知道那個意思。」

「自認高人一等。」一開始就對那個學長完全沒好感的楊德丞冷哼了聲：「他覺得我們這些同學、學弟都沒什麼腦袋，沒他厲害、沒他有新意，操作上沒有他精準，然後他被埋沒在這些人裡面。」

「總之，長安學長覺得他很努力打拚，一旦被別人超過就會超級不是滋味，有種不承認別人能比自己好的傾向，結果後來教授常找我多少影響到他的位置，雖然曾當過一陣子朋友，但是大三開始他變得超級討厭我。」那時候怎麼了？好像還被逼問說到底算不算朋友，朋友幹嘛老是跟他過不去之類的，讓自己感到莫名其妙。嚴司笑了笑，突然覺得現在回想起來還滿有趣的，果然有點年紀之後就會覺得以前很奇妙，「後來德丞休學嘛，所以你就沒再和他聯絡了。」

「是啊，又不是吃飽撐著，和那種人來往。」支著下頷，算是有一搭沒一搭回憶過去的楊德丞說著：「前不久聽到其他學長提起，好像賴長安還在抱怨爲什麼我們可以在其他領域發展，他怎樣做都不行，明明有才能，卻懷才不遇之類的，沒有人能眞正了解他的能力。」要知道他也是從基礎做起，沒有人一開始就這麼光鮮亮麗啊。

「聽起來眞是個微妙的人。」虞因和小聿對看了一眼，其實也碰過這類型的同學，通常就道不同不相爲謀地掰掰了。

大致上了解學長的問題後，虞夏想了想，開口：「那麼廖雪怡呢？」

「她的問題比賴長安還大。」嚴司還沒開口，坐在一旁的楊德丞黑著張臉先講：「她超有名的，大家看到她都會閃，小黎應該多少也聽過？」

「知道，但是不太清楚。」黎子泓只知道醫學系有個女生很不受歡迎，但不知道詳情，因爲嚴司這個人不會講太深，都是笑笑地帶過，他還是因爲去醫學系找人時，認識的學長好心提點他不要觸雷才知道有這回事。

「她很恐怖喔……」

據楊德丞的描述，當年在學校裡，這位學妹才眞正造成了系上的騷動。

自認爲比其他學生還要優秀的賴長安，雖然在許多人眼裡有點驕傲自大，但在學業上畢竟還有一定的水準，加上外貌不差以及某些特殊言論，還是幫他吸引到不少擁護者，形成了一個獨立的小圈子，廖雪怡就是其中一個支持者，而且還和他發展成男女朋友的關係。

賴長安本身並不是什麼惡人，不過就是有人超過他或他人受到賞識時，就會發出他比那人更好、自己懷才不遇的感歎，然後就有點激昂地和身旁的人憤慨發表他無法發揮才能的演說等等。

比較麻煩的是一般人對於這些話都是聽過就算，頂多跟著他罵上幾句；但廖雪怡則是完全聽進去了，還自己演化得更進一步，認爲賴長安是因爲周遭人的關係才沒能有更好的際遇，於是她會在系上造謠。

一開始，被造謠的人都不太理會這些行爲，畢竟醫學系的功課異常繁重，惡性競爭也不少見，如果每個都要管只會浪費自己的時間。但是，後來發現這個學妹因爲無人制止，加上賴長安也有意無意地放任，讓廖雪怡的氣焰更強了，竟然還自認爲其他人是心虛，她是在幫她的「第一名」出氣。不久，楊德丞就聽見有學弟吃了悶虧，被那個學妹一狀告到系辦去，說對方實習時性騷擾，偷窺她裙底，後來證實學弟只是蹲身幫廖雪怡撿掉下的東西。

而眞正的原因是那位學弟當屆以第一名入學，太多教授誇獎他了，所以學長他們看不順眼。

這類事情不只一、兩次，而是逐漸頻繁了起來。

有個學姊說了賴長安太囂張的話，路過行政大樓時差點被盆栽砸到；有個學長因爲直接告訴賴長安團體報告做得很差，會拖累小組成績請他重弄，結果學妹間就開始傳出那個學長曾叫女友墮胎云云，害他被校方叫去盤問。

後來發現那個學長是同性戀，根本沒有女友墮胎的問題。

類似的事情很多，就連嚴司也中過槍，例如：拿好處給教授，讓成績順利過關、代表系上參加活動；或是上課根本沒在聽還可以考高分，根本有槍手代打，不然就是老師罩他作弊；最後還冒出一個高中時代始亂終棄的女朋友追著他要復合，被他冷嘲熱諷趕走等。

這些謠言造成的唯一困擾，就是有陣子嚴司被一些不分黑白的女同學罵得亂七八糟，一個女朋友都交不到，更別說要眞的蹦一個高中女友出來。

楊德丞在休學前也曾遇到，不過他比較倒楣，被傳成因爲嚴司不罩他沒好處可分，所以混不下去，在被踢掉之前自己先跑掉才不難看。

所以楊德丞相當討厭他們也是很正常，畢竟楊德丞和嚴司隨便的個性不同，屬於很會照顧朋友又比較細膩的個性，於是對他做什麼不好的事就會被他直接列入拒絕往來戶。

總之因爲那些事，系上亂了一陣子，最後大家終於氣爆了攤牌，才發現是那個學妹搞的鬼，許多誤會才化解掉。但也因爲如此，學妹和賴長安那圈子的人被大多數人歸爲黑名單，很多人對待他們的態度都非常不客氣。

賴長安可能沒有反省到這個問題點，只覺得越來越多人眼紅他的才能，拚了命要打壓他，最後連教授都在作業上頻頻找他麻煩，讓他更有悲劇英雄的感覺；接著廖雪怡也更加心疼對方，不時便覺得天下與他們爲敵，世界都在嫉妒他們。

最後一些比較好心的學長姊也放棄和他們溝通，又因爲大四、大五之後越來越忙，沒人有閒工夫去引渡這個悲劇小圈圈走出陰霾，大家光自保都快應付不過來了，便全都散了，沒人理他們。

「所以他們大概就是這樣的組合。」其實後半段也是從學長和同學那邊聽來的，早早脫離苦海爲人生打拚的楊德丞一講到這兩個人，還是非常不爽。

他不像嚴司那麼隨性，居然還能原諒那兩人的無端造謠，說眞的，今天如果是自己，早就和大多數人一樣狠嗆回去然後一輩子劃清界線，哪還可能跑去找對方。

就算對方有麻煩，也隨便他哪裡好死就哪裡去算了。

「所以那張照片的阿飄就是那個學妹？」這下虞因突然知道之前楊德丞爲什麼會臉色大變了，如果有那種阿飄出現在附近，他也會覺得很驚恐。

「是啊。」

楊德丞和嚴司不約而同地一起點頭。

「你們兩個好像不怎麼緊張耶。」虞夏看著那兩隻，做出以上的評語。

「事主不是我啊。」斜眼看著眞正躺在病床上的事主，楊德丞覺得自己還有不緊張的本錢，但是明明都已經被纏上了還悠閒自得的傢伙才有問題吧！

「也沒有造成太多困擾啊。」嚴司很認眞地思考了一下最近的諸多不順，頂多就是有掐痕還有不小心從二樓掉下去，仔細算起來，也不是什麼太大條的事。

「這已經很困擾了吧！」身受阿飄之害的虞因馬上反駁，「搞不好會掛掉耶！」看嚴司的傷口一直增加他就一整個驚恐，不知道爲什麼莫名想起之前那些黑影的事，也是很類似地一直讓人受傷。

自己遇上還沒什麼感覺，但是認識的人遇到，就有一種很恐怖又說不上來的戰慄感。

但是話說回來，眼前的人精神倒是很好，和自己當初恍神差點被勾走又不太一樣。

「我想應該還好啦，如果眞的是學妹在作祟，那我倒是有些可以應付的方法。」嚴司露出無所謂的笑容，腦袋裡轉了一圈，大致上有個底。

「什麼方法？」虞因皺起眉，從剛剛開始對方就一直這樣說，越講他就越懷疑那個所謂的處理方法該不會只是在唬他們吧。

「祕密。」

瞪了一眼在逗弄小孩的友人，黎子泓咳了聲：「別鬧了，總之你就先在這邊觀察一晚，醫生說你撞到頭。我和虞警官等等會先去賴長安家中查驗。」

「欸？頭沒事啊。」嚴司皺起眉，他自己也清楚傷勢。

「別、鬧、了。」很愼重地再將剛剛的話複述一次，黎子泓加重語氣，「晚一點會有人來做詳細的筆錄，阿因也是。」

一說到虞因，虞夏也立刻一記狠瞪過去，「你也不要給我亂跑！」

「我沒有做啥啊……」虞因弱弱地想抗議一下，覺得自己這次眞的很無辜，因爲他完全沒概念，還不知道從嚴司那邊分來的阿飄究竟要做什麼，一整個莫名其妙到不行。

「總之，你們兩個都乖一點就對了。」虞夏看著手錶，估算著時間差不多了，交代過後就匆匆地先離開。

黎子泓看著人走，無奈地搖搖頭，也交代了嚴司幾句話後跟著離去。

「……都是你害的，我今天沒辦法營業，還要去台中港把魚拿回來。」重點是還被刮花一輛車，楊德丞眞的覺得有點頭痛了，「我先找朋友載我去處理事情，晚上再幫你們送飯過來，你不要亂跑喔。」

送走了第三人，剛剛還挺顯擁擠的病房一下子安靜了下來。

嚴司鬆了口氣，終於有種緊迫盯人的警報解除感。

「既然要待一下，那我和小聿先下去買點飲料吧。」看著大人都跑光，虞因想了想，好像也不能把人丟在這裡，反正筆錄啥的晚點再去做就好，說著便翻找錢包，搭著旁邊的小聿先去找東西吃了，「嚴大哥要吃點什麼嗎？還是也幫你帶飲料？」

「我不用了。」

看著兩個小的跑掉之後，嚴司才慢慢地躺下來，然後看著從先前就已出現在天花板上的東西，「這種拜訪方式很不禮貌啊，學妹。」

「嚴老大一定還有什麼事情沒講。」

等待電梯時，虞因看了一下站在身旁的小聿，有點抱怨，「居然有人以爲這是在跟阿飄玩。」

小聿眨了眨紫色的眼睛，沒講什麼。

「我覺得那個學妹阿飄來勢洶洶耶，感覺眞的很不好，如果嚴大哥是被她推下去的，那就危險了……」雖然想打歸想打，但畢竟是熟人，所以虞因也很擔心。他自己之前遇到的狀況太多了，不過畢竟自己還看得到，可是嚴司和他不一樣。

沒看過各種狀況的人比較容易輕鬆以對吧……

是不是該去找方苡薰他們看看？說不定有方法化解，或是找一太問問看……之前戲台的事就是他處理掉的，搞不好他也知道點什麼。

可是那個學妹幹嘛沒事纏到嚴司身上？那明明是飲料商事件的現場啊？還有另一個，該不會是同時間一起的吧？

虞因環著手思考著，突然心想是不是去一趟現場可以知道更多事？

就在他想著要怎樣找機會開溜時，一旁的小聿突然扯了他一把。

「怎麼了？」該不會是剛剛想落跑的想法被看穿了吧？虞因本來打算想辦法把對方留在家裡，不然虞夏絕對又會找他算帳。

小聿看看他，又看看電梯。

虞因這才發現不知何時，醫院的兩部電梯之一已經打開門了，但奇怪的是似乎已開了有段時間，在他恍神沒進入時，卻沒有關上，電梯就停留在他們這層，而站在裡頭的女孩一動也不動地看著他們。

「你有看到嗎？」虞因低聲地推了小聿一下，得到對方搖頭的回應，他心想應該是之前電梯事件後有陰影，所以看到電梯門開這麼久，小聿才本能地不想進去。

看著電梯裡的女孩，還是像之前一樣只是盯著他們，扣掉今天鬼打牆的遭遇，虞因真的不知道她想做什麼，「……請問到底有什麼事？」總不能這樣一直跟在後面吧？而且他也不知道這個阿飄是好還是壞，萬一和某法醫的學妹差不多怎麼辦？

女孩沒有回答他，只是緩慢地抬起手，指向另一邊，接著電梯門就這樣緩緩地關上了。

順著對方指的方向看去，虞因看到的是空無一物的走廊，完全不知道對方是啥意思。

她已經連續好幾次都指著醫院了，難道她被藏屍在醫院裡？

稍微一恍神，電梯又再度打開，這次裡頭多了好幾個正在說笑的醫護人員，邊走邊聊著等會兒下班要先去哪裡聚餐的話題，就這樣從他們身旁走過。

「唔，還是不懂。」虞因搭著小聿，也想不出個所以然，只好先搭電梯下樓了，幸好這次一路下去沒再發生什麼事。

正思索著其他事，旁邊的小聿突然又拉了他一下，「去現場嗎？」

虞因聽著低低的聲音，挑起眉，直覺對方果然猜到他在想什麼，不過身爲大哥不能承認，「沒有，二爸說不能去啊。」

「不是要去嗎？」看著對方，小聿偏著頭。

「沒有要去。」虞因有點心虛，不過還是否認。

「騙人。」

「唉呦……」

虞因提著一袋零食、飲料加書籍上樓後，一打開病房門的那瞬間，發現裡面站著別人，跟在他後面的小聿也頓了一下，有點疑惑。

「咦？你不是昨天那個……」

站在床邊的蘇彰一見有人進來，也緊張了一下，連忙轉過身，「你好，虞、虞同學？」

「果然是你，你怎麼會來啊？」不明白對方與嚴司的關係，虞因瞄了眼好像真的睡著的嚴司，小心翼翼地將提袋無聲地放在桌上。

「那個，我本來想跟救護車，可是嚴大哥的朋友說不用，所以我借到機車才過來。」蘇彰壓低了聲音，乾笑著解釋，「剛剛進來，嚴大哥好像在休息……」

「外面聊吧。」虞因和小聿指了指外頭，直接退出病房。

站在走廊外，在虞因的逼問下，蘇彰結結巴巴地把上午遇到嚴司的事稍微說了下，「我本來想說……樓下的賴先生好像也是嚴大哥的朋友，所以就沒下去看，結果沒多久就聽到後面傳來很大的聲響，才趕快叫救護車。」

「所以你也沒看到什麼奇怪的事嘛……」

「奇怪的事？」

虞因擺擺手，「當我沒說，你不用太介意。」正想打發這個沒什麼關係的人，一旁的小聿推了推他，然後將打好字的手機螢幕轉給他看。虞因看完後也挑起眉，重新轉向這個和自己一樣是大學生的傢伙，「不好意思，可以問一下你樓下那個賴先生平常是怎樣的人嗎？」

「咦？是、是個不太講話的人。」蘇彰皺起眉，露出努力思考的表情，「我搬來大概半年多，很少看到他和鄰居或其他人講話……啊，不過他好像常和他女朋友還是老婆吵架。」

「女朋友？」

「嗯，一位姓廖的小姐。」蘇彰想了想，繼續告訴對方：「這個……偷偷跟你說，他們兩個有時候連半夜也會吵，把我吵醒過好幾次，但都是那女的尖叫和吼人比較多……好像都在說什麼……去報復回來啊，絕對不要被那些人看笑話之類的。」

「打岔一下，有提到報復誰嗎？」看來那個阿飄學妹似乎真的很恐怖。

蘇彰搖搖頭，「沒有很明確說是誰耶，不過好像不只一個人。而且那個廖小姐好像沒在工作，我看她幾乎都在家裡，反而是賴先生還會出去工作。我有幾次在外頭遇到他，都在幫人做雜事，也看過他在做清潔隊，但都沒有做很久……不過那個廖小姐真的怪怪的，好像有點神經質，附近許多住戶都不喜歡她，似乎得罪過很多人，你去問一下就知道了。」

虞因環起手，思考了下，「大概了解，感謝。」

「不客氣，那、那我先回去好了，反正嚴大哥看起來好像也沒事了。」蘇彰抓抓頭，有點尷尬地說道。

「喔，可能要觀察一晚吧，你自己路上小心。」

□

傍晚時分，虞因在醫院和嚴司一起被認識的員警押著做完筆錄後，就把人丟給帶晚餐來的楊德丞，和小聿趁著其他人還沒回來先逃逸了。

靠著自己的記憶，虞因在繞錯幾次路後，終於和小聿順利抵達飲料商的案發現場。

讓他有點意外的是，在外面繞了兩圈後什麼都沒看見。

虞因有點疑惑，照理來說這種現場應該都會看見不太好看的，可是卻什麼也沒發現，告訴小聿之後對方也沒有什麼想法，兩人就乾脆轉向賴長安的住所。

其實不難找，虞夏的工作效率很高，申請到搜索令之後已帶人來查過了，一轉進巷道便看見有棟小公寓還有好幾個員警出入，虞因馬上知道自己目的地在哪，附近鄰居也站在周圍聊天，不時對那間公寓指指點點。

謊稱是賴長安的親戚稍微打聽之後，果然和蘇彰形容得差不多，附近的婆婆媽媽們對廖雪怡還眞印象很深，但多半都是負面的。

「之前我兒子想介紹那個賴先生去南部插個工作，結果那位廖小姐疑心病有夠重的，說我們不懷好意，想叫他去做那種很差的工作……我叫我兒子乾脆不要多事，好心被雷劈。」

「是啊，我媳婦也遇過，說看他們好像生活不是很好，之前老家寄來整箱的水果要分他們一點，還被當作在勾引那個姓賴的，拜託咧……要不是因爲我兒子比他更帥，還在當高階主管，大家都當笑話聽，否則我媳婦名聲還要不要啊。」

「對啊對啊，我老公也遇過……」

聽著幾個鄰居的描述，虞因突然覺得那個叫賴長安的傢伙有點可憐，因爲聽起來，好像是那個阿飄學妹比較恐怖，嚴司他學長貌似只龜縮在自己的世界裡，似乎是不搭理也不會造成什麼問題的那種人。

該不會這就是嚴司沒有記恨他的原因？

和幾人聊了一輪後，他注意到小公寓處的員警也撤得差不多了，明天大概還會再繼續進行搜查吧。

虞因等著人差不多都離開之後，才趁著已晚的天色直接跑進小公寓裡，他偷偷摸摸地爬上二樓，最後和出門的人差點撞個正著。

「咦？阿因？」被嚇了一大跳的玖深抱住自己差點掉下去的工具箱，「老大不是說不准你靠近我們工作區嗎？」抓包了！有人偷來！

「我是來找朋友的。」虞因指著三樓，連忙說：「只是路過、碰巧、非常剛好。」

「這種鬼話應該已經沒有人會信了。」已經聽過很多次的玖深很認真地回答：「連阿柳都不會信，你以後可能要找個新的藉口，老梗用太久會連戳都懶得戳耶。」

「……那就不要戳嘛。」看著玖深身後半開的房門，虞因也懶得再打馬虎眼，直接問了自己的目的：「賴長安不在嗎？」

「我們來的時候屋子就沒人了喔，還是請鎖匠來開門的；而且一直到剛剛都沒回來，皮包現金之類的都不在，我在想會不會是發現被盯上，所以逃走了。」看了眼後頭的空屋，剛剛才搜走一堆東西的玖深聳聳肩，「那個腳印的構成真的是人血喔，現在要回去驗到底是誰的血，老大懷疑應該是飲料商那家的。」

「所以說那時他殺了飲料商，直接逃回家？」有人這樣殺人的嗎？雖然住很近，但也太有種了吧？

「還不確定，只能說有這個可能，但是一切還得看化驗結果。」玖深知道對方也是衝著這家來的，想了想，還是直接告訴對方：「另外，他那位廖姓女同居人，剛剛查出來已經失蹤一陣子了，附近的人說這一個月都沒見到……」

「已經不科學化了。」雖然撿了最不驚悚的名詞，但是虞因一說完，眼前的鑑識人員還是抖了一下，苦著張臉看他，像是想拜託他不要再講下去了，「而且嚴大哥還說要把阿飄的照片寄給你。」

「……該死。」玖深決定絕對不要打開嚴司傳來的簡訊。

「我可以進去看一下嗎？」

「你覺得可以嗎？」正想封鎖嚴司的來電，玖深看著眼前的大學生，「阿因，乖乖回家比較好喔。」他也知道虞因被殺傷的事，於公於私都不想再讓對方多介入。

虞因看著攔路的員警，連忙合手拜託，「玖深大哥，我只看不科學的那部分，不然我講地方你幫我看？」

「不要！」玖深馬上跳開，害怕地看著身後的屋子，「沒有這樣的啦！」他才剛剛出來耶！是要害他不敢再進去嗎？

「那個不科學的東西纏上嚴大哥了喔。」虞因頓了頓，皺起眉，試圖告訴對方這次的嚴重性，「這次不是只有我，連嚴大哥也中了，而且對方很不友善，不管怎樣我一定要先搞清楚那東西到底是怎麼回事，起碼要親眼看過。」嚴司根本不當一回事，又什麼都看不到，萬一真的受到更大傷害就來不及了。

「咦？阿司被纏上了？」玖深倒是不知道有這回事，只知道嚴司受了傷。他看了看房子，又看看兩隻小的，最後掙扎了一會兒才點頭，「好吧，十分鐘。你不要動屋裡的任何東西，我在這邊幫你把風，看過就快點出來，不然被抓到我也不能交代。」

「感謝！」

接過對方給的手套，虞因和小聿小心翼翼地走進了一團亂的房裡。一進門便差點踩到肥亮的小強，眞不知道屋主到底是怎樣使用屋子的。

地板上的黑腳印都已經做了標記，雜物也清開，多了一些容易走的地方，小聿就踩著那些清出來的空間先自行在屋裡轉圈。

虞因打開了電燈，揉著肩膀，正想去傳說中的窗戶看看，還沒有心理準備，身後的大門就突然砰地一聲巨響，自動鎖上。他和小聿都愣住了，反射性地看著深鎖的大門……雖然不是第一次遇到，但兩人還是被突如其來的聲音嚇得不輕。

虞因用力地深呼吸幾下，笑笑地轉向也僵住的小聿，「還、還好電燈有開……」話還沒說完，屋裡的日光燈突然發出幾聲不自然的響音，接著啪地一聲全數熄滅，整間屋子瞬間陷入完全的黑暗。

虞因深深覺得自己幹嘛這麼大嘴巴去提醒阿飄有燈這回事。

就在他懊悔時，不遠處突然有東西晃了晃，然後小小的光亮了起來，面無表情的小聿拿著手電筒站在原地照著他。

「你怎麼會隨身攜帶手電筒？」看到有光，虞因也鬆了口氣。

小聿盯著他看，兩秒之後嘆了口氣。

「幹嘛啦！不要表現得一副好像得隨身帶手電筒都是因為我的關係啊！」居然還給他嘆

氣是怎樣！跟他出門是常要用手電筒嗎？

正想多抱怨兩句時，虞因卻突然停了下來，在光沒照到之處傳來一種拖行似地窸窣聲，好像有某種沉重的東西正在那些垃圾上移動著。

跑了兩步，小聿直接閃到虞因身後，還不忘把手電筒塞給對方。

抓著那支手電筒，虞因其實也全身緊繃著。亮光照了整間屋子一圈後什麼也沒有發現，但聲響仍在，而且還有往窗戶方向而去的趨勢。

跟著聲音移動光源的瞬間，他看見窗戶外有張上下顛倒的人臉，就和之前在嚴司手機裡看見的幾乎相同，血色的眼眶與飄在黑暗中的頭髮，猛然看見眞的非常嚇人。虞因整個人僵在原地，瞬間反應不過來。

他看過爛的，也看過各種恐怖的，但是這個和那些又有不同，血眶裡的眼珠直勾勾地看著他這邊，灰霧的眼睛折射出他手電筒的光芒。

接著，那張倒掛的人臉就維持著這樣的姿勢，慢慢地向上消失。

這代表什麼？

重重的敲門聲讓虞因從思考空白的狀態中回過神，然後他聽見外面的喊叫，被關在外頭的玖深拍著門，著急地叫他們倆的名字。

接著他又看見之前一直跟著他的女孩就站在窗戶外，指著樓上。

身後的小聿抓住他，然後女孩消失在黑暗中。虞因回頭看時門鎖已經被打開了，整個人嚇到臉色發白的玖深就站在門外，「你們兩個沒事吧？剛剛那個到底是怎樣啊……算了，什麼都不要跟我講！我不想聽到不科學的事！」他怕自己的精神負擔不起那些東西。

玖深打開門後沒多久，屋子裡的電燈又突然亮了起來，這讓站在外面的鑑識人員整個往後一跳，打死不踏進來。

「可以去三樓看看嗎？」

□

「抓到賴長安了。」

「噗——」

正在吃飯的嚴司差點沒一口噴出來，然後有點錯愕地看著坐在一旁的前室友，後者正一臉冷靜地掛掉電話。

「咦？不是說沒看到人嗎？」坐在一邊翻看筆記的楊德丞也疑惑地轉過去。

「聽說是在三樓抓到的，那位蘇同學去打工了不在家，賴長安似乎是趁機從窗戶爬上去的，在三樓躲避警方的搜索。」黎子泓淡淡地說著，也是剛剛才得到消息。他掃了眼正在擦臉的友人，「剛好還在現場的玖深發現人在三樓，正想以相關事件詢問時遭到對方攻擊，所以暫時先拘押……賴長安的精神狀況似乎不是很好。」

「之前就有點這種感覺了。」嚴司丟開面紙，思考了會兒，「玖深小弟沒受傷吧？」

「只是有點擦撞而已，不太嚴重，不過虞因他們也在場。」雖說不意外，但大人前腳走他們後腳就踏進去，黎子泓完全可以想像虞夏會有什麼反應。

「嘖嘖，都說我應該可以處理了，被圍毆的同學也太好心。」就是常常這樣才會搞得自己三天兩頭爆血。嚴司馬上就知道對方是因爲什麼而去，也只能嘆口氣。

「你還少說了什麼？」黎子泓皺起眉，緊緊盯著還輕鬆自在的事主，直接坐在對方面前，「廖雪怡爲什麼纏你？照理來說既然是被殺，就沒道理找上你，除非你是凶手。」

「喔，說不定眞有這種可能。」嚴司露出恍然大悟的表情，「一切謎底都揭曉了！」

「阿司，別鬧了。」在某檢察官提起椅子打人之前，楊德丞很認眞地先送病床上的人這五字忠告。

「咳咳，輕鬆一下，不要太計較。」既然現在其他人都不在，嚴司想了一下，爲了自己的安全還是招了，「纏上我，決定性的原因應該是屋頂上那件事吧。」

「就是趙學長他們說的那次？」聽過風聲的楊德丞瞇起眼睛。

「嗯啊，我想應該也沒有別次了。」嚴司支著下頷，想起了那天的事。一切都是從那個學妹的邀約開始。那天晚上、那些聚會的人、主辦人，和那之後的事，「你休學之後，大四某一天學妹突然來邀，似乎是因爲壓力大吧，所以想辦場聚會，在宿舍頂樓烤肉、喝酒，同時邀請了好幾個人，趙學長也在名單裡。」

「慢著，那是什麼時候的事？」大四那時自己應該已經和對方同寢室很久了，但是黎子泓覺得自己好像沒聽過這件事。

「喔，你們那時候系上辦什麼法學院聯合放生活動的，去山上一個禮拜。」

「……法學院青年聯合自強活動。」冷漠地看著原來一直當他們去山上放生的朋友，黎子泓有點死目了，「還有你不是不大喝酒？」

「對啊，所以我醒來時已經在醫院的急診室了。」朝對方比了記拇指，嚴司嘿嘿嘿地笑著，「我這輩子第一次半夜被送急診，而且急診室裡居然都還是認識的學長姊，突然意識到自己的交友超廣闊。」

「等等，送急診的原因是什麼？」黎子泓皺起眉，直接忽略掉那些裝飾性廢話，他去自強活動回來也沒聽說這傢伙曾被送急診。

「欸……這個……」

「被殺傷。」楊德丞冷冷地開口：「乙醚中毒還被殺傷。不只是他一個，另外還有兩個也被送醫，都是刀傷，其中一位學長情況很嚴重，差點因爲失血過多死亡，幸好發現得早才沒事。」

嚴司揚揚手，一副自如的樣子，「其實也不算嚴重，所以稍微治療後就沒事了。」

「……你完全沒說過這件事。」黎子泓依稀記得大四自強活動回來，這傢伙和平常沒兩樣，嘻嘻哈哈地問他活動的事，還要了土產，就是沒跟他講過有受傷。

「大概是忘記了？」嚴司抓抓頭，不在意地笑了笑，「何必這麼計較，又不是只有這件事沒跟你說。」

看對方居然還可以講得如此理直氣壯，當下實在很想給他一拳，但是又不能對傷患動粗，黎子泓只好壓下火氣，「那麼到底是發生什麼事？」

「我也很想知道，學長他們都只稍微提過，沒有多說。」楊德丞湊到床邊當陪審，把飯盒拿走，「快說！」

嚴司看著床邊兩張黑臉，只好把那夜的事稍微敘述。

他其實一直覺得那個邀約怪怪的。

六年級之後，賴長安把可以得罪的人都得罪光了，就連教授們也開始對他們有些反感，所以他更加孤立了，在那時他邀請了幾個人參加聚會。

雖然覺得奇怪，不過受邀的人倒是都認識，所以嚴司也當作去玩。那天晚上大家也都玩得很愉快，暫時沒把與賴長安的過節放在心上。畢竟對學生來說，有過節和可以玩是兩回事，加上黃湯下肚後，其實有些事就不像平常那麼計較。

嚴司去拿飲料回來後，就看見他們已經玩起調酒，也不知道是誰提議，把烈酒、果汁混在一起，還弄來冰塊和水果，煞有其事的樣子。

鬧至深夜，學長、同學們都醉死得差不多了，他依照之前趙學長的請求，先把對方拖回去，然後又回到頂樓準備把其他傢伙也都弄下來，才不會全掛死在上頭。

而且要是被宿舍長知道他們鬧了整晚，也不好解決。

再度回到樓頂，正想推門出去時，透過門上玻璃，嚴司看見了讓他錯愕的場景。

「我看見學妹把其他人的衣服都扒了。」

「……」楊德丞沉默了三秒，「她是打算趁所有人醉死時，搞個被輪暴之類的事，一次毀掉所有人嗎？」說眞的，人爛醉至極時其實不像電視上演的，還可以隨時亂性，一堆烈酒喝下去就眞的是醉到假死，幾乎沒有行爲能力了，連他這種半途撤退的人都知道。

「我猜也是，所以當下就知道她邀請大家的目的了，那些酒其實也有問題吧，後來我的血液裡還驗出了輕微安眠藥的成分。」

「么壽，幸好我早休學了。」楊德丞突然覺得自己眞的逃過一劫，不然跟那個學妹交手怎樣算自己都會吃虧。

「總之，我確定學妹在想什麼之後，本來想要給她個戳破驚喜，推開門大喊時也嚇到了她，但是突然有人拍了我的肩膀，接著我就啥都不知道了。醒來後人已經在急診室，那時候才曉得自己被殺傷，但是怎樣殺的沒印象。」也是醒來後才被告知的嚴司想了想，說著：

「後來，其他受傷的學長告訴我，他們被剝衣服時其實就被驚醒了，不過一直到我倒下去之後才恢復力氣反抗，然後學妹不知道發什麼瘋，就拿水果刀殺傷他們，正打算捅死我時被衝上來的長安學長和趙學長阻止。」

「我休息幾天後回到學校，發現學校把整件事壓了下來，因爲醫院也是學校的相關機構，所以似乎沒幾個人知道；德丞也是後來和學長聊起才曉得，總之就這樣沒了。」所以，楊德丞還有幾個當時的學長才會對賴長安有意見，嚴司也沒有再跟別人提過這些事了。

畢竟學校也有自己的立場，如果傳出去肯定會被媒體鬧大，成爲學校的污點，所以他可以理解校方壓下來不想宣張，後來校方私下找他去談時他也同意不將這件事扯出來，就這樣無風無痕地過去了，除了兩個學生被退學消失在眾人面前，其他人一如往常繼續生活著，一點影響都沒有。

「所以你說過的過節就是這件事？」實際上這已經不算過節了，黎子泓覺得根本就是謀殺，更無法贊同當時學校息事寧人的處理方式。

「沒有你想得那麼嚴重啦。」嚴司看得出來自己的前室友想過頭了，他笑笑地搖頭，

「反正我不覺得長安學長想弄死我，不然打一一九送我們去急診的就不會是他了。」這也就是爲什麼到現在他還願意去和對方接觸。

「賴長安打的？」第一次聽說的楊德丞整個訝異。

「對啊，我後來問了認識的人，他說當天晚上報案的是賴長安。」事後也查找過，當初嚴司聽到時也很驚訝。

「大概是不想擔殺人罪吧。」楊德丞想著，如果是那個人的確很可能這樣做，他只是想要被看重的感覺，犯罪之類他應該還沒膽，不然大學時就不會放任廖雪怡，而是自己來了。

「……我倒是認爲有個奇怪之處。」黎子泓聽完整件事後，思索著那股突兀感，「那位趙學長也是賴長安的朋友嗎？」

「不算是耶，他很早以前就和長安學長鬧翻了。」嚴司歪著頭，看著友人，「哪邊奇怪？」

「你說他是喝醉被你送回房間，但他卻第一個跑來救你。」這樣一想，黎子泓開始覺得不太對勁，「這次賴長安在找你的事似乎也是他先提出來的，如果是鬧翻的人，又何必和對方維持聯繫，應該會和德丞一樣，何況他還經歷過頂樓的那件事。」照理來說，遇過這種事應該就不會再聯絡了。

「這樣一說好像也是，趙學長還有和你說過什麼嗎？」楊德丞也覺得怪怪的，看向坐在床上思索的事主。

「沒特別講啥。」嚴司蹙起眉，想不出來什麼關聯性，「會不會只是剛好？」

「沒有什麼是剛好，你仔細想想有沒有其他相關性吧。」黎子泓再怎樣想，還是覺得不太對勁，「我認爲趙學長應該不像你說的和對方鬧翻了，或許表面上和你們一樣與賴長安交惡，但私下可能沒有，當初他們一個救了你、一個報案送醫，也太過剛好；而現在一個提起了另一位，就發生了你被纏上的事。」

「小黎這樣說，我也覺得不對。」楊德丞回想著上次聚會時沒發現對方有任何異樣，但事情這樣一湊，卻整個怪了起來，「趙學長之後不是還打電話給你嗎，說不定也是在探聽什麼，不然他之前不是很少和你聯絡嗎？說領域不同沒什麼好聊的。」

「陳學長他們也很少和我聯絡啊。」嚴司笑笑地看著兩個一樣緊張的朋友，直接往身後的枕頭躺下，「而且趙學長也沒啥理由害我，別想太多了。」他和趙駿希並沒什麼過節，以往也算相處愉快，算是很一般的打鬧朋友群。

「你以爲我們到底是因爲誰才神經兮兮的啊。」楊德丞指著床上的人，非常不爽地開口：「事主就應該要有事主的樣子啊！你居然一點都不急，奇怪了，好像是你受到生命威脅的吧！」

「……好啦好啦，我自己會多注意。」嚴司看另外兩人似乎眞的發火了，連忙坐起來，表現出百分之兩百的正經與誠意，「最近會小心趙學長和長安學長，也會快點找到擺脫學妹的方法，你們兩位明天都還要上班，不要在這邊搞太久了；早點把事情解決，我也比較容易脫困啊。」

「你有自覺最好。」雖然看起來一點都沒有，不過楊德丞也懶得再罵了，「你是明天要出院嗎？到時候我再來接你，不要又亂來了。」

「咦，不用了，被圍毆的同學說他快放暑假了最近都沒課，可以來載我回去，你們就老實上班不要蹺班了。」早些時候嚴司已經和某大學生約好時間，所以又加了一句：「蹺班是要不得的行爲。」

楊德丞看著朋友，深深認爲這傢伙到現在沒被人揍死應該是他祖上有庇蔭。

少聽一點比較不會氣死自己。

嚴司出院是隔天下午的事。

在醫生好說歹說之下，他才又領了袋可有可無的止痛藥、消炎藥，讓剛好沒事幹的虞因載人回家。

「聽說長安學長好像承認他殺了學妹耶。」嚴司到家後，在路邊等著大學生鎖車，邊說著早上才從其他人那聽來的消息。

「咦？是他殺的喔？」蹲在地上鎖大鎖的虞因頓了頓，「奇怪……沒看到跟在他後面說，如果要說鬼復仇，嚴大哥你還比較像凶手。」他看過好幾次死者糾纏著凶手的那種情況，而且通常還還特別懷有恨意。據常理判斷，如果不是因為認識對方，他還真覺得應該是嚴司下的手。

「是啊，我自己也有這種感覺，怎麼我就不是凶手呢。」嚴司摸著脖子上的繃帶，邪惡地笑了兩聲，「我很有把握可以在最短時間內把屍體分成幾百塊，然後每天用不同的方式處理掉一小部分，人就這樣無聲無息消失了。」

「……嚴大哥，你當法醫眞是太好了。」好過去當凶手。不知道爲什麼，虞因總覺得這人如果去殺人，肯定不會被抓到，然後死者還眞的就此人間蒸發。

「我也這樣覺得。」嚴司很認眞地回答：「人生路如果走偏應該很可怕。」

「拜託你千萬不要走偏。」爲了各方面著想，虞因完全不想和自己認識的人爲敵，尤其是這幾個。

「再說啦。」嚴司聳聳肩，走進大樓後，按了電梯，「對了，小聿今天在家嗎？」

「喔，他在朋友家。」因爲要載人，虞因沒辦法多帶一個。小聿大概也有自覺，所以一大早就跑去方苡薰他們那了，不知道在幹什麼。

「明天要寄我家嗎？」反正閒著無聊，嚴司隨口問道。

虞因搖搖頭。

「咦？居然不是整天陪我玩，眞遺憾。」嚴司立刻露一種被打擊的神情。

「呃，我和同學約好要聚餐，聽說那邊的點心很好吃，所以小聿也要跟……」虞因有點尷尬地笑了笑，想了想，開口：「還是嚴大哥也一起去？其實你也認識對方啊，就李臨玥那女人和一太他們幾個。」

「免了，我還是在家等外送好了。」

嚴司一點都不想去什麼大學生聚餐活動，嘿嘿嘿地笑了：「不過如果被圍毆的同學你女朋友也在場就另當別論。」這種就一定要跟了，而且還要全程錄影當紀念。

「並沒有那種人。」虞因沒好氣地回答對方，完全知道某法醫抱著的是想看熱鬧的心態，他冷笑回去：「話說回來，嚴大哥應該有吧。」

「唉……我見過的優質美女死的比活的還多，這眞讓人傷心。」嚴司搭著某大學生的肩膀，用一種過來人的語重心長態度告訴他：「被圍毆的同學，你要知道人生苦短，有好妹就快把，不然等到發現世界上死人說不定比活人還好時就很難把到了。」

「什麼跟什麼啊。」虞因拍掉對方的手，笑罵道：「不要亂扯。」

「嘖嘖，這是老人家的智慧啊。」

小孩總有天會明白他的意思，每個人都必定會成長，然後知道人生的另一面。

有時候面對死人眞的比面對活人好，因爲人心這種東西，僵硬的屍體是不會有的。

電梯打開時，他們同時沉默了。

嚴司看著自己家又是門戶大開，他默默地走出電梯，一看果然又被撬門了。

「又是那個小偷嗎？」虞因皺起眉，看著被打開的大門，然後拿起手機準備先撥電話給虞夏。

嚴司推開門，看見地上的黑色鞋印比最後一次離家時多出許多，而且似乎有方向性，走到客廳一半就消失了。

他看著鞋印消失的方向，直指自己的臥室。

「二爸說等等會叫人來處理，要我們兩個不要亂來。」虞因掛掉手機，看著地上的鞋印咋舌，「應該不是好兄弟吧？」

「你有認識好兄弟會撬門的嗎？」他還以爲好兄弟都用穿的。嚴司走了一圈，房裡沒有被動過的跡象，只多了鞋印，他把行李放在房間後走出來。

「是有碰過會開、關門、鎖門的啦。」撬門還眞的是第一次看見，但是虞因也不覺得一般小偷會在地上弄這種黑到像是深墨的痕跡，這未免太招搖了，而且還沒有偷走任何東西。

「所以是人爲的。」對方眞的是衝著他來，還用這種惡劣的手法。嚴司瞇起眸，思考著大樓外應該有監視器死角，對方可能避過那些後直接從二樓樓梯間爬進來，因爲大樓只有一樓與電梯設有監視器，所以從二樓進來之後，基本上不會被錄到，可能就是這原因他前室友才沒能找到小偷相關影像。

「嚴大哥，你最近除了得罪阿飄，還有得罪誰嗎？」原來不是只有鬼找他麻煩，還有人啊。虞因斜眼看著屋主，打從心底覺得他還眞是什麼都可以得罪。

「眞的要算，大概一天一夜也算不完吧。」嚴司沉重地拍了一下大學生，告訴他這樣的事實，「反正屋裡其他東西應該都沒被動過，你先坐一下，我去沖個茶吧。」

「你這樣會被玖深哥罵喔。」破壞現場之類的原因。

「好像也是……」

嚴司聳聳肩，正想說要不然去楊德丞那邊蹭飯時，突然聽見廚房那傳來細微的聲響，好像有什麼在動他的茶具，發出了碰撞聲。

「有人在裡面嗎？」虞因一把抓住身旁的傷患，警戒了起來。

「運氣不會這麼好吧，還在家裡遇到犯人埋伏。」尤其還是個撬門的小偷。不過他剛剛才看了一圈，的確沒有人，沒道理現在又冒出來啊。嚴司邊奇怪著，邊直接走進廚房，但是什麼也沒看到，只有一組掛在架上的茶杯倒了幾個在檯子上，不知怎麼回事。

嚴司邊抱怨邊整理似乎沾上了污漬的杯子，白色的瓷杯卻突然在他碰上的那瞬間發出細微的聲音，接著猛地炸開，碎片直接放射狀向外噴出，當場粉碎。

跟在後頭正要踏進去的虞因也嚇了一跳，接著聽見大門處好像有聲響，便轉頭快步先到前方察看狀況。

嚴司沒去在意大學生的行動，愣愣地看著自己幾根被劃傷的指尖，然後又不信邪地去戳其他杯子，不過這次沒爆炸了，「真的是人倒楣時什麼事都可能發生。」他開水沖掉血漬，隨便用衛生紙擦了擦，貼上ＯＫ繃止血後，才轉身收拾碎片殘骸。

爆開來的杯子有部分碎片掉在地上，所以當然也得蹲在地上整理。

嚴司擦著地面，正在想著要不要出門買杯子時，突然發現有人站在他面前，兩條紫灰色又稍微腫脹的腿清晰靠近到只差沒貼在他臉上，赤腳上沾了些許污漬。

一般來說，正常人應該都會被這種突然貼近的舉動給嚇到，不過嚴司第一反應卻是抓住對方的腳踝。他在那瞬間摸到的是異常冰涼的僵硬感，接著手突然就落空了。

他立即抬起頭，可是什麼都沒看見，連腿也消失了，好像剛看見的東西只是幻覺，但是那真實的觸感還留在手上，不是假的。

嚴司皺起眉，看著手掌，匆匆地抹了下地板，便丟開抹布拿起手機，撥了通電話給黎子泓。接通後在對方還沒詢問前，他劈頭就說：「你注意一下這兩天有沒有找到廖學妹的屍體……別問了，我覺得我好像有什麼靈感想接……」

猛地拿開手機，手機那頭傳來罕見的大罵聲，聲音大到連將手機拿得遠遠的嚴司都可以聽見對方在罵「開什麼玩笑、命不想要了嗎」的話語。

「不、不要這麼大聲啦，總之就是這樣，掰。」嚴司在對方再度開罵之前，連忙將手機切掉，以免又被轟一次，「眞是的，明明就是小傷，何必如此激動。」他抬起手，看著又開始泛出黑血的紗布，嘖嘖了兩聲。

好吧，是比較嚴重的小傷。

「怎麼了？」在門口沒有看見任何東西的虞因又轉了回來，正好看見嚴司掛掉手機。

「沒事。」嚴司拋著手機，霍地站起身，「走吧走吧，我們先去德丞那邊，這裡就交給別人處理了。」

虞因挑起眉，「嚴大哥，你怪怪的。」

「你想太多。」

□

玖深瞪大眼看著剛剛暴吼的某檢察官，整個嚇傻了。

他還是第一次聽到這個人用這種音量講話，而且整個很火大。不只是他，連一旁的阿柳也被嚇到，正要拿工具的手抖了一下，差點沒把東西掉下去。

「怎麼了嗎？」拉高了封鎖線，剛剛正在和員警談話的虞佟走進現場。

「沒事。」黎子泓重重地收起手機，悶著聲音回答：「有什麼線索嗎？」

「沒有，這邊太偏僻了，一般民眾很難注意到。」臨時被派出來的虞佟環顧著周遭，這樣說道：「說真的，如果不是賴長安自己承認，應該很難找到屍體。」

這是一處已廢棄的涵洞，周圍長滿了約莫一人高的雜草。入口被遮住，地處偏僻的小山區。山下較有人進出的只有那小型的砂石場，平日應該不會有人到這裡，剛剛玖深他們甚至還差點被蛇咬，可見一般。

他們上午得到賴長安的自白，帶著人員來這裡找到了屍體。

本來還在放假想跑掉的玖深因爲人手不足，也被抓來幫忙，最近虞夏忙逃逸殺手的案件也忙到快爆炸了，局長乾脆把他的雙胞胎兄弟踢出來頂替勞動，反正大家都在忙，暫時補充一下人手也是沒辦法的事。

昨天逮捕到賴長安後，經過一整夜的沉默，他終於在今天早上向訊問員警承認他殺死了同居女友廖雪怡，然後帶著員警們到棄屍處尋找屍體。

其實黎子泓沒料到對方竟會如此爽快地招出來，他們知道的也不過就是虞因看見的，以及那些還未檢驗出來的血腳印與斑點。如果賴長安有心耍賴，他們也沒有辦法，必須等到一切檢驗出爐後才能處理。

但是他承認了。

半幽暗的涵洞中，黎子泓蹲下身，拉開了蓋著屍體的白布。

很乾淨的現場，沒有掙扎或大範圍活動跡象，穿著一襲紅色小洋裝的女性靜靜躺在這種人煙罕至的地方永遠沉睡；赤裸的腳上沾有砂土，一樣豔紅的高跟鞋就擺在一旁，雙手交疊在腹部上，浮腫泛黑的面孔被鑿出兩個大洞，只剩下完整眼珠，周圍的眼皮、血肉都被挖開了，乍看之下相當可怕。

看著這樣的棄屍現場，虞佟嘆了口氣，想起賴長安說過衣服是特意換的，因爲廖雪怡生前常常嚷說如果哪天死了，一定要穿著紅色衣服。

他認爲賴長安應該知道穿紅衣代表什麼意思，奇怪的還不只這些，明明已經死了一段時間，但屍體卻沒有蛆蟲，身在這種野外這是不太可能的，更何況臉上還有明顯外露的血肉。

「已經通知家屬，晚些會到達協助指認。」虞佟看著一旁已經燒盡的香枝，那是先到的員警點燃的，他低聲地詢問：「要請阿司回來協助嗎？」最近已經夠亂了，雖然不能動手，不過嚴司回來多少能幫點忙，在一旁跟著分析也會很有幫助，來暫時接替他的學弟顯然和他的能力還是有差別，很多工作進展得並不是很順利。

「不要找他。」黎子泓看著白布，幾乎是咬著牙地說：「這件事不要讓他插手。」

看黎子泓的臉色不是很好，虞佟也沒多問，反正只是稍微提了一下，畢竟嚴司還在養傷。從自己兄弟那邊，他多少也知道賴長安的事，應該是這個原因，所以對方才不想讓嚴司碰吧。

就在兩人各自心懷不同想法時，正在周圍拍照的玖深叫了聲，引起所有人的注意。

「那個……屍體是不是在動？」玖深握著相機，本來要一路照過去，卻看見白布突然起伏，當場錯愕地停住腳步，接著連連往後退，退到涵洞外有太陽照射的地方，「我什麼都沒看到沒看到沒看到——」難道他今年太歲又沒安好嗎？

屍體當然不會動，何況是死了有段時間的。

在玖深恐慌的同時，黎子泓一把掀開白布，讓在場幾個提心吊膽的員警都倒吸了口氣。

原本應該沒什麼表情的死者，面孔居然變得扭曲，挾帶著強烈惡臭的黑色屍水緩緩從各個孔竅流出，眼睛、鼻子、嘴巴到耳朵全都爬滿了黑色痕跡，不一會兒就招來了蟲蠅在四周飛舞。

「屍屍屍……變——」已經逃得很遠的玖深，眼睛還是很利地看見了屍體變化的這一幕，然後驚恐得想逃得更遠。

「屍你個頭啦！這是屍體正常變化，給我回來！」看著今日搭檔組員給他落跑，雖然也被嚇到但沒那麼嚴重的阿柳指著閃很遠的人，見對方還真的不打算回來，乾脆把工具一丟，衝上去把人連拖帶拉地拽回，「只是裡面的氣噴出來而已，有什麼好怕！」

「這根本不正常啊——」

黎子泓沒搭理外面吵成一團的鑑識小組，皺起眉重新蓋上了白布，站起身後稍微恍神了一下，才走出已充滿讓人受不了的惡臭的地方。

不知道爲什麼他覺得有點好笑，因爲以前嚴司好像在其他地方也遇過類似的事，然後那傢伙居然當場把白布蓋上，又拉開，又蓋上，又拉開，很期待下一次的新變化，搞得那案子的檢察官抱怨連連說這樣很不尊重死者；而那檢察官剛好是自己在校時的舊識，所以他也聽過這件讓人不知道該好氣還是好笑的事。

但是不管怎麼說，這種變化都太不自然了。

黎子泓不自覺看向一旁殘餘香枝，才發現不曉得什麼時候，那些燒剩的香尾全都從中間攔腰折斷，沒有一支是完好的。

看著一旁還在工作的員警群，他想了想，拿掉那些莫名折斷的香枝，另外找了個比較資深的地區員警重新拜過。

「這裡應該差不多了，等等會將屍體轉移，香怎麼了嗎？」看著正在重新拜過的員警，附近的虞佟有點疑惑地問道。

「沒什麼。」讓其他人各自去忙後，黎子泓走出了涵洞、離開封鎖線，坐上停在一旁的警車。

坐在那車裡的賴長安只淡淡看了他一眼，又將視線轉回去。

黎子泓環著手，也沒說話，車內直接陷入一片死寂，讓坐在前座的員警直感尷尬，大概是因爲氣氛太可怕了，前座員警在五分鐘後說了聲要下車透透氣，便逃到車外了。

車門關上後，賴長安終於緩緩開口。

「她非常吵。」

□

被學校退學後，賴長安一度幾乎覺得人生毀滅了。

從小到大走在掌聲之中的他，從來沒想過會有這麼一天，當然他家人也沒想過。父母知道他涉嫌殺人被退學後，氣得把他轟出來，直接斷絕關係，要他永遠不准再踏進家門一步。

幾乎理所當然地，廖雪怡搬來和他同居，兩人同是天涯淪落人，還是情侶，這麼做沒什麼不對。

「接著，我去當兵，她緊迫盯人，每週放假絕對會出現在軍營門口，然後開始說著她計畫好的未來會是非常好的未來。」

一開始賴長安也相信自己的未來會過得很好，但退伍後開始找工作，大多數老闆見他被退學，向學校打聽後，馬上就拒絕了他。

或者是聘僱之後，會傳出不好的風聲。

「雪怡對這種事況感到很緊張，認爲那些人又開始想要害我們。」

賴長安捂著臉，看著自己的手，「我明明有能力，書讀得比別人好，環境也比別人好，爲什麼別人可以過得比我好，他們明明資質不如我，爲什麼我就非得被退學……以優等生身分畢業的應該是我，我這麼努力，我比別人還要厲害，甚至比別人還要用功，甚至犧牲得比別人多……」

「你犧牲了什麼？」黎子泓打斷了對方的喃喃自語，看著外面正在進行的工作。

「我每天都努力到一、兩點，連睡覺的時間都可以捨棄……」

「雖然嚴司看起來很隨便，但他眞搞不懂的東西常會弄到天亮；實習時常常連續二、三十個小時沒閉眼。」黎子泓沒帶什麼感情，平板地敘述：「楊德丞創業時，每天也只睡一、兩個小時，有時根本沒睡，熬醬料、試食譜、天還沒亮先到市場漁港找最好的材料。陳學長他們組團報告時，經常整群人在房裡糾纏好幾個晚上，還會因爲各種意見大打出手。」

「那是因爲他們比較不聰明，所以才要花那麼多時間，我只要一、兩次就懂了，不須這樣浪費時間。」賴長安低吼著，猛地轉向身旁的人，非常不甘地說著：「別人應該注意的是我才對！我比他們還要優秀，但是爲什麼我會被忽視和排擠，不就是因爲他們覺得我比他們好，所以才排擠我嗎？」

「如果你是抱持著這種心態，那我想也不必再聊這些了。」因爲和自己無關，黎子泓完全不想擔任什麼開導的角色，自己也沒興趣做這種事。他翻開手上的公文夾直接公事公辦：「根據你的口述，你是因爲與廖雪怡起了爭執，所以才失手殺死她。」

原本很激動的賴長安抹了把臉，逐漸平靜下來，才幽幽開口：「沒錯，她太吵了，一直在吵，不斷地對著我尖叫，我實在受不了了……只要我一出門，她就會緊跟在後，只要我一碰到其他人，她就會認爲對方心懷不軌，每天都在和我爭執周遭的人有多險惡，我實在受不了了，一直想著如果她不在有多好。」

然後，他就殺了她，筆錄上是這樣寫著的。

闔上了公文夾，黎子泓思索著。殺死廖雪怡之後，賴長安替她換上了紅色衣物，趁夜將屍體運到這裡棄屍，對外則宣稱語對方分手且不知其去向。

周遭鄰居因爲很厭惡他們，所以也沒有多加留意。

就如同虞佟所說，如果賴長安沒主動承認，那麼應該沒有人能找到屍體，說不定就在這邊化成一具白骨也無人聞問。

看起來很合理，但是卻很奇怪。

「你是嚴司以前的室友。」黎子泓皺起眉思考問題時，坐在一旁的賴長安逕自開始說：「他應該和其他同學一樣，從頂樓那天之後就對我很有意見吧。」

「……我不確定。」其實看嚴司的態度，不像是有意見的樣子，與其說有意見還不如說他完全沒放在心上。不過，黎子泓也不想告訴對方這些。

「頂樓的事和我沒關係，不管他信不信，我沒有想過殺人，也沒想過要讓他們受傷，我頂多只是想給他們一點小教訓……雖然我恨他們搶走我的位置，但我會靠自己奪回來，我不想弄髒自己的手。」賴長安握了握被銬住的雙手，澹然地說：「我和雪怡不一樣，她想殺的人我都不想殺，因爲他們明明比不過我，只能靠小手段獲勝，甚至排擠我，我才不想因爲這樣讓自己變成殺人犯，有一天我一定會比任何人都要強。」

黎子泓轉過頭，看著旁邊的人，「她想殺誰？」

「阿司沒跟你說嗎？」賴長安頓了頓，突然露出冰冷的笑，讓坐在一旁的人突然心底跟著一涼，「那時候在頂樓上的都是她的目標，包括阿司在內，這些人都是嘲笑我們的人。她一直告訴我她可以爲了我除掉這些人，她能夠爲我主持該有的正義，讓其他人受到懲罰。」

所以她在死後第一個就找上了剛好去飲料商家，離他們最近的嚴司嗎？

黎子泓瞇起眼，突然了解那東西到底從何而來。

「我最恨的人就是阿司，如果那天眞的要殺人，我一定選他；他那種態度好像在嘲笑我的努力，他根本不是什麼朋友，只是一個假惺惺又惡劣的人——」

「你又懂別人什麼！」打斷了對方幾乎咆哮的音量，黎子泓打從心底覺得憤怒，「看不見別人優點的人，不是更惡劣嗎？」

黎子泓回吼完，也不等對方再發難，下車、甩上門，正好看見一旁緊張的員警。

打發那名員警後，他才嘆了口氣。難怪那些學長都忠告不要和賴長安有牽扯。

黎子泓搖搖頭，正打算去找虞佟討論一下狀況時，聽見了細微的聲響，就在他對面的草叢裡。反射性地抬起頭，他看見廖雪怡就站在那兒，血眶中的兩隻眼睛怨毒地瞪著他，流出黑色血液的嘴半張著，從那裡發出了嘶嘶的聲響。

那是一種警告。亡者正在對他發出不友善的警示。

下一秒，她消失在空氣中。

黎子泓站在原處，聽見了從封鎖線中傳來的聲音，幾個人抬著屍體往上而來，被裹進袋中的屍體依舊散發著難以隔絕的腐臭。

她已經死了，但是殺意仍在。

□

嚴司遠遠就發現不對勁了。

「你朋友的餐廳是不是出事了？」虞因離開公寓後，知道楊德丞餐廳地址的他載著人，大老遠就看見店家所在的那條路上圍了很多人，警察和消防員正在維持秩序，外圍還停著一輛消防車與救護車，警笛聲大得刺耳。

他們靠近後，發現圍繞的中心果然是楊德丞的餐廳，那裡好像被炸彈爆過一樣亂成一片，還有火燒的痕跡，幾個女員工紅著眼站在外邊，男員工則是回答一旁警方的詢問。

「發生什麼事了？」嚴司推開包圍的民眾快步走上前去，但在封鎖線外被攔下。

「瓦斯爆炸，幸好不是很嚴重。」認識的員警一見是嚴司，馬上快步走來將兩人拉到一旁，「好像是瓦斯爐有問題沒人注意到。剛剛開店時員工一開火，馬上發生爆炸，還好外洩的瓦斯量不多，只受到輕傷，已經送醫了。」

「……還有呢？」嚴司看著消防隊員進進出出，但卻夾雜著警察，他直覺不只這樣。

「店老闆好像被殺傷了，消防隊滅火之後才發現老闆在後頭的房間，但因爲爆炸的震動，現場已看不出原本的樣子，但是老闆身上的傷……」員警壓低聲音，比劃了一下：「後肩一刀、頸側一刀。」

虞因立刻按住自己受傷的肩，想起了那天在巷子裡遭到的襲擊，「那個殺飲料商的？」

「我們都覺得很像……不過這次傷口不深，所以老闆只暈了過去，幸好爆炸後發現得早，不然失血過多就危險了。」員警抬起頭，露出大事不妙的表情，立刻將他們往旁推，「記者來了，這事暫時不會公布，希望這些記者嘴巴緊一點。」不然肯定會引起民眾恐慌。

「老闆被送到哪家醫院？」

嚴司向員警要地址時，虞因無意地掃了人群一眼，猛地看見那女孩就站在人群之後，慘白的臉看著他們，但手卻指向人群另一端。

虞因跟著看過去，只看見一堆不認識的人。

「你在看什麼……趙學長？」問完地址，正要叫人的嚴司發現虞因正看著某處，跟著望過去，卻看見自己認識的人。

人群後方的趙駿希注意到他們的視線，隨即向他們揮揮手，接著快步往這走來。

「眞是剛好。」趙駿希到達後，還沒等人開口，就笑著先說話了：「我本來想到楊學弟這兒吃個飯，結果居然聽到瓦斯氣爆，不知道有沒有事？」

「……受輕傷，送去醫院了，我也正想過去看看狀況。」嚴司收起記事本，正色看著對方，「趙學長一起過去嗎？」

「不了，我還得回去上班，只是偷個空跑出來，你幫我看看楊學弟有沒有事，晚一點我再去醫院看他。」

虞因看著這個和嚴司聊了起來的人，猜測對方的身分，聽著雙方的稱詞大概是嚴司的哪個學長吧，只是那個女孩指這人幹啥？

對方離開之後，他還是沒想出個所以然。

「怎麼了，他後面有好兄弟嗎？」看著虞因盯著學長離開的背影，嚴司隨口問道。

「是沒有啦，只是好像有點怪怪的……楊先生受傷他還笑得出來，通常應該會很緊張吧。」虞因看了就不舒服。

「職業病吧，趙學長習慣面帶笑容。」嚴司看著逐漸多起來的人群和媒體，搭著虞因往一旁離開，讓員警們自己去處理。

就在兩人相偕正要先離開時，群眾裡又擠了一個人出來，還匆匆地往他們這邊走。

「嚴大哥。」氣喘吁吁的蘇彰直追了上來。

虞因有點意外會在這裡看到對方，先開口：「你怎麼會跑來這裡？」

「那個，我想還上次的錢……」蘇彰緊張地拿出錢包，撥弄了兩下，然後被旁邊的路人撞掉。

「說過不用還了。」嚴司彎身撿起錢包，拋給對方，語氣不算太好地開口：「還有，不要又跑來……把德丞的名片還來。」

「咦、咦……名片……」蘇彰呆了下，連忙翻找著錢包。

「嚴大哥？」虞因有點疑惑地看著身旁的嚴司，很少見他這麼不客氣，因此嚇了一跳。

嚴司接過對方遞來的名片後，看也不看直接塞到口袋裡，「被圍毆的同學，走吧。」

「不好意思。」跟著前面拿出手機不知撥給誰的人，虞因打了聲招呼後便快步跟上去，接著在嚴司放下手機後才開口：「那個……」

話還沒說完，他馬上發現異狀，一個箭步連忙衝上去扶人，才發現對方的臉色完全是沒有血色，「嚴大哥，你沒事吧？」

差點摔倒的嚴司甩甩頭，也不知道爲什麼剛剛一陣暈眩，「沒事。」

「我看我先載你回家好了，然後叫小聿來照顧，我再過去楊先生那邊看看狀況。」拉著人，虞因瞇起眼，看見對方手上的繃帶整個染成了黑色，裡面滲出的是黑血，他不自覺語氣強硬了起來，「有什麼事等明天再說，如果你不回去，我就打電話找黎大哥。」

「……我又沒說不回去。」不知道是不是自己的錯覺，嚴司總覺得最近大家好像都學會威脅他的一招，就是打電話叫他前室友來。

看樣子眞的不妙了。

「那就回去了！」

「我現在深深覺得你們虞家出來的都個性認眞。」

稍晚，嚴司回到了住所，那時候警方人員已經離開了，認識的員警還好心地幫他換了一副鎖，鑰匙寄放在警衛那兒讓他領回去。

「個性認眞到底是什麼鬼形容啊！」虞因提著晚餐、沒好氣地瞪了眼坐在沙發上的傢伙。他先去了一趟醫院，帶回楊德丞暫時沒事的消息。

接到聯絡後直接到這邊的小聿坐在地上，整理著對方剛剛換下來的紗布和藥物，傷口整片整片的黑看起來令人驚悚。

「我覺得形容你家很貼切啊。」嚴司看著包紮完美的手臂，開始思考要不要勸說虞家兩隻大人讓小的去考醫學院，說不定會很適合，「我前室友也個性認眞，不過我覺得比較適合他的是嚴厲到見鬼。」但是這個嚴厲好像都只針對他，這到底是爲什麼呢？

「……黎大哥聽到應該會讓你直接見鬼吧。」瞥了眼正在把玩手臂的傢伙，有回報今天會在這邊過夜的虞因沒好氣地走進去廚房開始張羅晚餐，後腳跟進的小聿接了手，動作迅速地開始準備起來。

看著兩個小的擠在廚房，頭還有點暈的嚴司直接躺到沙發上，一轉頭就看見客廳的陽台落地窗外站著個女人，深深的血眶直視著他。

「眞是不死心。」嚴司和外面的女性對瞪了幾分鐘之後，對方終於緩緩地消失在黑暗之中，幾乎是同時，廚房裡的虞因端著碗筷走了出來。

「外面有什麼嗎？」反射性地轉頭看去，只看到城市夜景的虞因皺起眉，「嚴大哥，你還是帶著護身符比較好吧，我以前也遇過類似的，雖然現在覺得影響不大，但會越來越嚴重。」之前也曾勸過，可是對方完全不當一回事，他開始體會到虞夏他們先前想揍人的心情了。

「不用了。」嚴司笑了下，坐起身，「這樣比較好。」

「哪有比較好啊！」虞因眞想罵人，注意到後頭的小聿端著鍋子出來，這才壓下火氣低聲說：「算了，你再考慮看看吧，先吃飯。」

飯後，嚴司放了影集給兩個小的看，之後就自己回房了。

下午那陣莫名暈眩一直隱隱發作，自己判斷該沒任何問題，看來大概是之前工作時間不固定造成的疲勞影響。

躺在床上暈沉沉時，他想到虞因帶回來的消息。楊德丞的狀況不太嚴重，治療過後已經沒有危險，目前有警員在看顧，安全暫時沒有疑慮。

那凶手為什麼會找上楊德丞？

飲料商的現場是布置過的，楊德丞那邊則是發生氣爆，完全無關的虞因也莫名在巷子裡遭到襲擊。

雖還在鑑定中，但從下刀處與方向等傷痕來看，嚴司有八成把握凶手應該是同一個人。

「嚴大哥。」虞因看房門開著，直接在門板上敲了兩下，「我們用完浴室了。」

嚴司猛然清醒過來，瞄了眼時間，大概是晚上十一點半，他立刻坐起身子，「小聿睡了沒？」

「呃，還在看影集。」看著客廳，也不知道為什麼小聿一看見嚴司這邊的影集就整個人吸在電視前面不走。虞因沒辦法，剛剛說看完這集就要進去睡覺，還用要扣點心屋的邀約才能讓他心不甘情不願地點頭。

最讓虞因不甘心的是那部美國影集沒中文字幕，貌似是嚴司直接從國外訂來的，他完全看不懂，根本不知道在演什麼，所以看小聿看得津津有味讓人感覺非常不爽。

「喔，那個很長喔，還有第二季跟第三季，每季都有二、三十集，真的看不完就借回去看完好了，反正我都看過了。」沒想到小聿會對影集那麼有興趣，之前都放電影給他們看的嚴司聳聳肩，「不然你先去睡好了，我等等再趕他上床。」

「啊，沒關係，嚴大哥你休息吧，我在他旁邊弄作業就好了。」虞因瞇起眼，盯著對方好像還是很沒血色的臉，「是說不知道是不是我的錯覺，嚴大哥你該不會是故意讓那個阿飄來找你的吧？」之前嚴司一直說有辦法應付，但也沒看到他處理，而且還越纏越嚴重，這讓他感覺有點不太對。

照理來說，嚴司應該是那種一邊被纏一邊期待他們會用什麼靈界手腕去交流，然後自己在旁邊看戲那種人，可是這次卻不讓他插手。

虞因真的覺得很有問題。

「你想太多了。」嚴司戳了一下大學生，露出不懷好意的笑容，「難道被圍毆的同學，你也對阿飄學妹很有興趣嗎？我就說你可以走職業靈界之路，幹嘛否認呢，明明很有那種意思……」

「並沒有，你請早點休息吧。」虞因揮開對方的手，深深認爲自己眞是太多心了。

「你也是。」

□

被攻擊的那些人究竟有什麼關聯？

飲料商在自家被殺害，現場加工成搶劫殺人的樣子，但是凶手卻留在命案現場，似乎專程在等什麼；然後是虞因在暗巷裡像是被隨機攻擊，接著就換楊德丞的瓦斯氣爆。

他們並沒有任何關聯。

難道眞的只是隨機殺人嗎？

不太對……看起來並不像。

一定有什麼關聯性，最起碼後面兩個必須得找出來，不然再度被下手就糟糕了。

□

「嚴大哥！」

猛然被搖醒時，嚴司一下子還反應不過來，只覺得眼前很白很亮，刺眼得眼睛都痛了。

本能抬起手遮住光，過了好一會兒他才清醒，看出那道光就是他房間的主燈，不知道被誰打開了……大概兩秒之後他就曉得了。

「嚴大哥，醒了沒？」半跪在床鋪上的虞因看起來很緊張，一隻手還搭在他肩膀上，另一邊則是小聿，兩人頭髮都亂糟糟的，一副剛醒的樣子。

嚴司甩甩頭，坐了起來，「你們兩個半夜不睡覺搞什麼夜襲……」

「你沒有感覺嗎？」虞因瞪大眼睛，不由分說地把還想廢話的屋主硬是從床上拖下來，然後推到穿衣鏡前，「脖子！」

「脖子？」看著穿衣鏡裡的自己，嚴司很快就明白他在講什麼了。傍晚沖澡時覺得太麻煩，所以脖子上的繃帶拆下來就沒再纏回去，現在一看果然非常明顯——本來紫黑色的掐痕整個變成詭異的血紅色；如果說之前看起來像家暴，現在大概就是家暴升級版，好像摸一下就會滴血，視覺上非常令人驚悚。

「不知道爲什麼我剛剛睡到一半突然被冷醒，想說起來喝個茶，結果看見有『人』走進你房裡。」虞因其實根本不知道爲什麼會冷醒，實際上他只開了電扇，但卻莫名冷到驚醒，還把睡在一旁的小聿也一起吵醒了，「我想說該不會是之前那個小偷，便打開了房門，就看見一個女的在掐你脖子。」

不知道該怎樣形容自己看見的那畫面，本來只是想找水喝的虞因打開了昏黃的夜燈，結果推開門後看見根本沒見過的女人緊緊掐著屋主的脖子，活像有什麼深仇大恨似地，更奇怪的是被掐的人像完全沒有知覺，動也不動，更別說掙扎了。

打開日光燈的瞬間，女人就不見了，虞因還以爲某法醫就這樣被掐死了，連冷汗都冒出來，還好小聿說沒問題，只是人睡得很熟，他們才決定先把人給弄醒。

聽著虞因的描述，嚴司想了想，問道：「又是學妹嗎？」

虞因點點頭，很是緊張。

迎著兩個小的擔心的目光，嚴司輕鬆一笑，「何必這麼緊張，頂多再穿幾天高領啊，大哥哥有練過，知道這種掐法不容易致死。」都沒按在要害上，不過掐久點就不一定了。

「不要開玩笑了。」這次連虞因都沉下臉，「嚴大哥，這太誇張了，既然你不要護身符，我看乾脆找小海來幫忙吧？」雖只有短時間，但她來的話，什麼凶惡的鬼怪應該都不會靠近這邊吧！

「雖說小海妹妹比一般男人還強，但也是正值花樣年華的青春少女啊，你不怕被你同學掐死嗎？我說。」居然叫個女孩子來他家幫忙，嚴司有點好笑地看了下時鐘，大約半夜兩點多，他並沒有睡很久。嚴司伸了個懶腰，然後走出房間，打算幫所有人弄個熱飲什麼的鎮定一下心情。

「不然你到底要怎麼辦啊？」想找方苡薰他們問問，虞因拉著還在打哈欠的小聿一起走出去。

「這兩天會解決，小孩子不用問太多。」

嚴司打開客廳電燈時，愣了一下。

他家的大門不知道什麼時候又被撬開了，照樣只開了一半，然後黑色鞋印從外面踏了進來，比先前的還要多很多，踏過整個客廳走道，就停在房門口了。

「哇靠！」晚了一點出來的虞因看見客廳的鞋印也傻眼了，他完全沒感覺到有人或其他東西撬門進來，更別說在地上搞了這麼多鞋印。

站在後面的小聿睜大了紫色的眼睛，然後快步地走到門邊向外看了看，什麼也沒有，外面只有亮亮的樓梯間照明，以及半夜空無一人的轉折空間。

「這種時候不要亂探頭，小心被砍頭。」虞因連忙把小聿拉進來，也不知道門要不要關上，正想進來時眼尾一掃，就看見一個女人站在樓梯向上的地方看著他們這裡，仔細再看人已經消失，連影子都不見了。

「先進來吧。」檢視著鎖，雖然被撬，但似乎沒壞，嚴司順手關上門，才發現鎖匠好心幫他多加的新型防盜鐵鏈也被剪了，看來天亮後又得換一次鎖……應該問問鎖匠有沒有買三送一，還是會員價之類的優惠。

「嚴大哥，我看你要不要暫時先住到我家啊？」虞因看著地板那些讓人發毛的黑鞋印，非常不舒服，跟小聿一起搬了張小沙發先堵在門前，避免半夜又有人入侵。

「不用啦，真的不行我就去前室友家睡囉。」嚴司評估了一下，思考如果對方真的是衝著他來，那還是暫時得去黎子泓那邊蹭床位，不然把虞因他們扯進來就太不妙了。

「真的嗎？」虞因懷疑地皺起眉，接著突然向旁邊的窗戶一看，「我看你還是趕快去黎大哥家住一陣子好了。」

根本沒有離去的女人就站在黑夜的窗戶外，森冷地看著室內。

順著視線看過去，嚴司再度看見了跟著他的女性。

「嚴大哥？」看嚴司居然要走過去，虞因連忙抓住人，以免等等他又被鬼推下樓，這次可不是在二樓，下去一定會死。

「我跟她講兩句，不用擔心。」嚴司拍了拍對方，打開落地窗，走到陽台上。

站在黑夜中的女性隨著他的動作轉移了面部，但是身體依然保持原樣，形成了某種不自然的角度。

「如果妳想繼續玩下去，那我就不幫長安學長。」嚴司靠在圍牆邊，按著有點發痛的手腕，「現在是我給妳選擇，打消念頭，不然就是看著妳的第一名揹負殺人罪直接入獄，這次會比搶劫嚴重很多。」

廖雪怡看著他，有著兩個深深血眶的面部開始扭曲起來，嘴巴像魚般不斷張張合合。

空氣中聽見了像是某種動物咆哮的低吼聲，嚴司完全沒有流露恐懼或害怕，反而氣定神閒地看著這一幕：「一或二，自己選一個，當然也不准再去找其他人。如果不同意，那麼妳就看著賴長安被判刑好了，反正他大概也撐不過刑期，說不定很快就可以去和妳作伴了。」

廖雪怡發出了喀喀的聲響，似乎在努力思考著，終於慢慢抬起手，比出三根指頭。

「ＯＫ，就三天，三天之後長安學長洗脫殺人嫌疑，妳就不准再出現在我們身邊。」

蒼白的臉死死盯著他，就像以前在學校的某條走廊那樣，明明是漂亮的面孔卻充滿了怨毒扭曲的恨意。

然後她退了一步，消失在黑夜之中。

目送著對方離開之後，嚴司才呼了口氣，接著整個人倒了下來。

「嚴大哥！」

虞因和小聿連忙從屋裡衝了出來，一人一邊把已經昏過去的人架進客廳。

先將人放到沙發上，小聿伸手按著對方滾燙的額頭，「發燒。」然後他拉起嚴司的手，早先換好的繃帶全部都染紅了，七手八腳拆開之後，已經半爛的傷勢整個裂開來，不斷滲出血水。

第一次直接看到傷口的虞因愣了愣，沒想到比自己猜測的還要嚴重。他猛然回神，連忙跑去翻找醫生開的藥包，好不容易才在某個抽屜裡翻到，端了茶水後又急急忙忙地回到客廳，和小聿一起把藥灌進嚴司嘴裡。

折騰半天之後，嚴司的體溫才終於有點下降的趨勢。

看著血跡斑斑的沙發和地板，虞因有種虛脫的感覺。

拿來新的繃帶和藥物，小聿小心翼翼地開始重複清理傷口、上藥和包紮的過程。

「你要不要考慮去考醫學類的學校啊？」看他熟稔的動作，經常受傷的虞因有點慚愧，明明自己包紮機會比較多，結果都沒他一半厲害。

小聿頓了一下，轉過來看著對方，然後搖頭。

「咦？沒興趣嗎？我看你平常看得很起勁說……」虞因抓抓臉，想了下，其實也不只這方面啦，基本上小聿對那種他完全看不懂的書都很起勁就是了，「那你打算讀什麼啊？以後找工作怎麼辦？該不會想走餐飲業吧……啊，反正你也很喜歡布丁果凍，搞不好點心屋會很適合喔！如果你要開點心屋我還可以贊助喔。」

他其實只是說笑，真的只是說笑。

但是小聿點頭了。

虞因震驚了。

有時候人眞的不可以隨便造口業。

□

第二天嚴司清醒之後，原本預計出門的虞因也打了電話取消約會，把小聿交給中午順道過來看狀況的虞佟後，便繼續留在他家。

「我眞的沒事啦，燒也退了，傷口好像也開始好轉了。」看著一旁緊迫盯人的大學生，嚴司有點吃不消。

「大爸要我今天盯著你吃三餐還要去醫院換藥，然後再去警局做一次紀錄，接著回家睡覺不准到處亂跑。」接到任務的虞因坐在餐桌另一邊，散發著死光監視對方把藥吃下。

「這也太麻煩。抗議，這是妨礙自由！」嚴司敲著桌面，看著那些消炎藥、止痛藥、胃藥等好幾種不同顏色的藥錠，非常不想吞下去。

「我跟黎大哥講一下好了。」虞因瞇起眼，懶懶地拿出手機，「順便問問看妨礙自由要怎麼辦。」

「被圍毆的同學，請問你這種行爲到底是從哪裡學來的啊。」嚴司一把抽過大學生的手機，按掉通訊錄，沒好氣地把藥全都塞到嘴裡，配著開水吞下。

虞因滿意地收走桌上的空碗盤和杯子走去廚房。整理完後，正好看見嚴司半躺在沙發上按手機，不曉得在和誰互傳簡訊，不是在通話。

「我等等要去一趟工作室。」嚴司看著手機，頭也沒回地開口。

「咦？可是大爸說……」

「阿飄學妹的家屬已經簽了同意書，早上開始解剖。」看著傳來的簡訊，一張張地翻著接替他工作的學弟寄給他的女屍照片，臉上表情還是沒什麼變化。

「唔……」

虞因知道問題的嚴重性，有點掙扎了起來。

剛剛才走的虞佟很愼重地告誡他不要讓嚴司去醫院和警局之外的地方，不管發生什麼事都要把人押在家裡休息，前腳才離開，現在嚴司後腳就要出去了。

「不然我載你去好了。」畢竟不能把人丟著自己亂跑，虞因仔細思考之後，還是決定跟著跑一趟比較保險。

這就是爲什麼在半小時後，他們出現在虞佟指定之外地方的原因了。

「咦？你們怎麼跑來了？」

下午時刻，正坐在走廊緩過氣的玖深看見了不該出現在這裡的人，連忙從椅子上跳起。

「來探個班。」嚴司看著應該在這一起檢驗的鑑識人員，勾了笑，「後面的是司機。」

「誰是司機？」虞因沒好氣地罵了一句，緊張地左右張望，「玖深大哥，我二爸應該沒有在這裡吧？」雖然說機率很小，但是他完全不想在充滿屍體和阿飄的停屍間挨揍。

「老大沒來這裡啊，你要找他嗎？」揉揉鼻子，剛剛才遭到屍臭攻擊的玖深腦袋還有點暈，「那個廖小姐的屍體眞的好奇怪，第一次看到這種的……」他深深地後悔，應該和同僚換手，自己眞的對這種很不行，一邊相驗一邊暈，現在終於可以暫時先出來休息一下。

「啊啊，我看到相片了。」嚴司也看到他學弟的註解，按著一旁的酒精擦拭手，接著抽手套，「所以才決定來探班。」

「你會被罵喔。」玖深看著對方都開始戴口罩了，用腳底想也知道對方所謂的探班是專程來探屍體而不是探活體，「他們有特別說這次不要讓你經手。」

「人生要努力去挑戰各種事物啊，玖深小弟你要多試試。」

嚴司丟下話後，便直接往驗屍室晃過去了。

「我才不想挑戰咧。」玖深捂著臉，覺得頭又暈了起來，在聽見怪怪的聲音一抬頭，猛然看見站在旁邊的虞因伸手在他上面揮來揮去，不知道在趕什麼東西。

「有蚊子，不用介意。」試圖把上面的小女孩趕走的虞因連忙尷尬地笑了下，也不知道這個活像溺死屍的半爛小女孩是從哪裡跟上鑑識人員的，看起來不像有惡意也不像是要伸冤，應該只是覺得有趣吧。

「……該不會是像人那麼大隻的蚊子吧。」玖深傻住了。

「不不，就是很小的蚊子。」

看著對方鬆了口氣，虞因偷偷又對那小女孩揮了一下拳頭，大概終於了解他的意思，小女孩這才轉身消失不見。

順勢看去，虞因突然看見之前那個女孩站在走廊底，指著另一個方向。

「玖深哥，你在這邊休息一下喔。」虞因說完，也不管對方的喊叫，便快步朝那個方向走，接著一轉身進了停屍間。

可能是看他與嚴司等人熟稔所以附近的管理人也把他當成相關人員，居然沒有理會他的行為各自繼續自己的工作。

偌大的室內一片死寂，溫度低到讓人打從骨子裡發寒。

細微的聲響突然從某個冰櫃裡傳來，接著是緩慢被推出的格子，露出的屍袋暴露在冷空氣之中。

站在角落的女孩靜靜看著那個被推開的地方。

「欸……這個不是我擅長的……」要叫他自己動手看屍體，虞因還眞的開始躊躇起來。

但是對方似乎不給他考慮的時間，屍袋發出奇怪的聲音，突然自己打開了，男性的白色臉孔從袋口露出。

原本以為會看見女孩的屍體，所以一看是男人時，虞因愣了三秒。

接著又有另一個冰櫃被推開來，這次是個有點年紀的老先生。不給他反應時間，冰櫃再度拉出第三個。

但是這次裡面卻沒有預料中的屍體，只有一小包東西。

虞因有點疑惑，走過去想看看是什麼，那包東西突然自行打開了，露出裡頭的物品。一看清楚之後，他馬上往後退開幾步，再回頭也看不見那女孩子了。

「這是幾個月前被送過來的喔。」

也不知道在裡面站了多久，虞因才被一道聲音打斷，轉過去，正好看見踏進來的玖深，「阿因你怎麼可以亂開啊，會被罵的，我告訴你。」看著被打開的冰櫃，他馬上皺起眉，一個個重新拉好推回去。

「你說幾個月前這個……」

不自覺地，虞因盯著正在收著那一包的鑑識人員，「這些手指是？」

他看見的是很多根手指，女孩子的手指，細細長長的，指甲也修整得很漂亮，但全都被截斷了，傷口非常平整漂亮，就像某種藝術品。手指本身一點損傷也沒有，從大拇指到小指共十隻全都在，正好是一個人手指的數量。

玖深推上冰櫃，嘆了口氣，「幾個月前有人報案，說是有人放在他們工藝品的店家裡，把他們嚇壞了。當時阿司檢驗過後告訴我們是死後被取下的……手指的主人已經死了，不然最起碼手也斷了，但就是找不到其他部分，也查不出死者身分，便一直放在這裡了。」

想著那個女孩，虞因無法確定這些手指到底是不是她的。就算是，她爲什麼到現在還不告訴他屍體在哪邊，反而常常比著一些奇怪的方向招他去？

「另外那兩個呢？」被推開的冰櫃一共有三個，如果手指是女孩子的，那她幹嘛要給自己看另外兩個？

「咦？你剛剛打開沒發現嗎？男的那個就是飲料商的死者啊。」玖深有點詫異，因爲記者把死者的生活照放到了報紙、新聞上，他還以爲虞因知道。

「是喔，我沒注意看。」其實只看到那是個男的。這樣一說，虞因立刻發現好像眞的是電視上那人，因爲最近家裡大人在忙這件事，所以他曾留意過，看了兩、三次，結果眞的出現在面前反而沒發現。

「另一個是半年前的事，好像到現在都還沒有人認領，也是被殺的，不過是其他人負責的，不是老大手上的喔。」玖深歪著頭，想著同僚經手的案子，「我記得也是怪怪的死法，說被發現時是在冷凍室……等等！阿因你爲什麼突然問這個，這裡面有什麼東西啊！」

虞因看著根本還沒回答就已經逃出去、躲在門邊的人，不知該不該跟他說實話，「你就當我純粹好奇，對心靈衛生會好一點。」

「……怎麼可能啊！快給我出來！」玖深整個頭皮都麻起來，看著裡面的空間，一想到可能是塞滿的就又開始暈了。

虞因聳聳肩，既然感覺不到其他事情，而且那女孩也不知道什麼時候消失不見了，當然也就從善如流地走出去，「對了，你們最近有溺死的屍體喔？要記得叫家人快點把她帶回去喔，不然她會一直找樂子。」

「……別再講了。」

「還眞有精神，剛剛都快吐了說。」

聽著外面細微的吵鬧聲，站在驗屍室外的代班法醫搖搖頭。

「他們很有趣的其中一點就是各方面的復元力很強。」嚴司套著防護衣，笑了下，「剛剛看了照片，眼睛有血點，是窒息而死吧。」

「雖不明顯，但死者口鼻周圍有細微傷痕、皮下出血的跡象，應該是悶死沒錯。」領著人進到室內，雖然已經在這邊待了大半天，不過負責驗屍的人還是反射性地皺起眉。

那是股極度強烈的惡臭，比起一般海鮮發臭還要濃烈不知幾倍。

「這味道未免太誇張了。」一踏進門，嚴司就知道為什麼剛剛玖深的表情那麼差，連他都覺得有點噁心，看來今天衣服上的味道又洗不掉了。

「我也是第一次遇到，屍體本身非常不正常。」代班學弟苦著張臉，領著人到台子邊，「你自己看看就知道了。」

一看見屍體，嚴司完全理解對方的說法。

接過學弟的記錄本翻看了下，根據鄰居們和賴長安的說法與通聯紀錄等，推測死亡時間應該在一個月前，但是屍體表現出來的樣子卻不同。

在棄屍現場時，屍體明明還非常完好，但轉移到這邊時便已發出強烈的惡臭，這種臭味不是毒物或藥物所致，而是種說不出所以然的臭氣，好像屍體本身發出什麼沼氣，採樣之後沖了幾次味道還是沒淡掉。

「剛剛說的痕跡在這邊。」比著女性口唇部分，學弟說著：「據痕跡顯示，行凶的是男性，另外被鑿開的眼睛部分是死後才挖的。我判斷是像家用小型鑿子類的尖銳物品，凶手很小心地保留眼球的完整，應該對人體有些概念。另外，她身上也有些抵抗痕，手腳脖子都有瘀青，看來死前曾有過一番抵抗。」

「幹嘛要特別保留……」既然要挖掉眼睛周遭，通常應該會連眼睛一起挖才對，嚴司有點不懂動手的人有什麼特別意思。

「這就不知道了。」無從猜測凶手的意圖，學弟打開了早先的錄影，「她被送來時一直在冒黑水，打開後我發現體內內臟都已經爛了，肌肉也幾乎完全分解掉，除了外皮看起來異常完好，身體裡完全沒留存任何東西……這真的不像死了一個月的屍體該有的樣子。」應該說正常屍體也不會變成這樣子。

最奇怪的是，在現場拍攝的照片看起來應該是裡面沒爛的狀態，通常如果裡面爛到只剩液體，皮會貼骨，不會像當時拍到的那麼立體，應該是扁掉的才對。

再怎樣想，真的都很詭異。

嚴司看著幾乎只剩下一點內容物的屍體，當然知道學弟的疑惑，只是這幾天下來，好像也不能往正常方向去想了。

「這種檢驗報告不知道要怎麼寫。」幸好看得出死因，其他部分看來只好說是特殊場所或其他因素造成細菌遽變所致好了……這些就等到各種化驗完成後再去煩惱。

摸著小腿，幾乎摸不到肌肉，一下子手就摸到腿骨的嚴司也不打算切了，看來屍體的狀態真的就是這麼詭譎。

「對了，屍體來的時候滿乾淨的，連指甲縫都沒有東西，是被清理過了，所以也找不到特別有用的線索……不過指甲有裂開，應該也是死亡前掙扎所致。」

「了解。」

確認了屍體沒有經過腐蝕性藥物溶解內臟的程序，嚴司決定讓學弟去傷腦筋報告要怎麼寫，大致上取得自己想要的資訊後，他就先退出臭到讓人快要嗅覺麻痺的室內。

丟掉手套走出來，在不遠的走廊上看見虞因和玖深不知道在聊什麼，一看見他馬上就打住了。

「味道很恐怖，對吧？」玖深迎了上去，劈頭就先來這句。

「是很嗆，沒想到人類還可以超越極限發出這種氣味。」嚴司聞著袖子，覺得那味道跟著自己出來了。

「不用聞了，真的沾上去了，我身上也有。」玖深哭喪著臉，決定回家先丟衣服再說，這種的洗不乾淨了，早知道今天來應該穿三件一百元的才對。

「我的櫃子裡還有新襯衫啊，玖深小弟如果你不想臭回去，可以去休息室那邊沖個澡換衣服。」很習慣汰換衣服的嚴司告訴對方自己置物櫃的密碼，「還有，殺死廖雪怡的不是賴長安，他或許有參與棄屍的嫌疑，但是對方的死亡和他沒關係。」

玖深愣了幾秒，「等等，有什麼根據？」

「賴長安不會殺人，他是那種會讓自己雙手保持乾淨的人。當年在頂樓上他也是早早躲開了置身事外，動手的是廖雪怡。我想這幾年賴長安工作上被攻擊而受傷的人都不是他下的手，而是學妹才對。」看著身旁同樣疑惑的虞因，嚴司淡淡地開口：「學妹是被別人殺的，我們現在就去拜訪嫌犯吧。」

看著說走就走的人，虞因連忙追上去，「到底是怎麼回事？」

「學妹是被人用手悶死的，死前有過抵抗，但是長安學長的手沒有受傷。」看見屍體時他就明白了，嚴司快步走著，「在這種狀況下，他還承認人是他殺的，所以凶手八成是認識的人，而且還是某程度的熟識。」

「咦？」

「最近我只碰過一個符合條件的人。」

□

趙駿希打開門時，門外站著兩個人。

「學弟，你……？」

「你要自己去投案，還是我讓警察來處理？」嚴司站在門外，冷冷地直接開口。

「我不明白你在講什麼。」趙駿希頓了頓，露出一貫的笑容，並沒露出異常的表情，「學弟，我那天眞的只是想去德丞那邊吃飯，不知道爲什麼會發生瓦斯氣爆啊。」

「你知道我在講什麼。」嚴司也不打算和對方浪費時間，打算速戰速決，他偏著頭，看著對方手上纏著的彈性綳帶，「雪怡學妹的事我已經知道了，你如果不自己去投案，我就請警方檢查你手上的傷，到時你認爲瞞得過嗎？」

虞因站在較後方聽著他們的對話，也偷偷瞄了下對方的手，其實對方包著彈性綳帶看不出什麼，就不知道嚴司爲什麼會這麼肯定。

趙駿希站在門口沉默了許久，然後才讓開身體，「總之，你們先進來吧，剛好我今天休假，太太和小孩都到公司、學校去了，先談談再說。」

嚴司深深地看了趙駿希一眼，才點點頭，跟著人一起走進去。

趙駿希讓兩人先進入客廳，泡了茶葉，端出來分給客人後才坐到一旁，「你們來這邊的事有告訴別人嗎？」

「沒有。」嚴司制止虞因發言，緩慢地開口：「我希望學長自己先去投案，其實屍體繼續驗下去之後馬上就會察覺長安學長是在頂罪，只是時間的早晚。」

「但是警察不一定會找到這邊。」趙駿希支著下頷、看著對方，悠悠地說：「阿司，賴長安都認罪了，代表他願意接受這一切，你又何必把事情鬧大？大家同學一場，須要這麼深究嗎？」

「站在同學的立場，我認爲有必要；站在工作的立場，基本上，我沒帶警察來已經算對你不錯了。」嚴司毫無表情地看著對方說著：「你一直和長安學長保持聯絡對吧，爲什麼在學校時要宣稱拒絕和他來往？」

「……你知道所謂群聚嗎？」趙駿希悠悠哉哉地喝起茶水，還是那張不變的微笑表情，「小團體會排擠他人，不管是多優秀的團體都一樣，只要和自己的想法背馳，就會被排拒，團體是複數，這種想法也會加乘。當初賴長安不就是因爲這樣，搞到連教授都開始認爲他很麻煩嗎？雖然說他很傲慢，但是不可否認的是他的確有自己的東西，只是被排擠之後再也發揮不出來而已。」

「那又怎樣？」嚴司挑起眉，看著認識許久的學長，「所以你是因爲他有東西才決定昭告天下和他斷絕往來、跟其他人一起罵，接著私下扮好人接手他的那些嗎？」幹嘛要活得這麼辛苦？

「不然呢？」趙駿希聳聳肩，勾起了笑。

「不說這個，你爲什麼要殺學妹？」

「你爲什麼認爲是我？」

看著反問的對方，嚴司沒有回答，反而拍了一下身旁的虞因，「被圍毆的同學，你仔細看看他後面吧。」

「後面……？」從頭到尾都沒得插話的虞因呆呆地順著話往後看，一開始還不知道爲什麼，但在看見了黑影的那瞬間，馬上愣了幾秒。

那個女性就站在趙駿希身後，深陷血眶的眼睛不斷流出黑血，瞪視著還在微笑的人。

虞因沒有想到居然是嚴司先發現的，一般人會比他更快發現讓他非常訝異。

「如果你只是單純想嚇唬我，那是沒用的。」趙駿希放下了茶杯，把兩人的對話當作笑話，隨意地往後看了眼，什麼也沒有。

「是不是嚇唬馬上就會知道了。」嚴司站起身，拆掉了脖子上的繃帶，讓對方看清楚血紅色的掐痕，「學妹一直都以長安學長爲主，那天在頂樓她想毀掉的人都是和長安學長有競爭關係的，包括我，這麼多年之後她第一個還是找上了我，但是只要讓她放棄念頭，很快就會去找第二個目標了……你就自己在這邊試看看吧。」說完，他拉著一旁的大學生就往門口走。

「站住！」趙駿希快一步擋在門口，手上多了一把水果刀指著另外兩人，「廖雪怡想威脅我，現在連你也想害我是嗎？你能保證出去之後什麼都不講嗎？」

「可以啊。」

可能是因爲嚴司的口氣太過輕鬆了，不只是趙駿希，連被擋在後面的虞因也傻一下，完全不知道他在想什麼，「反正接下來也不是我的工作範圍，我當然可以保證什麼都不講，應該講的人是你啊。」

「你什麼意——」

一陣急促的敲門聲打斷趙駿希未竟的話。

「警察，請開門！」

「你！」趙駿希表情轉爲憤怒，沒想到對方剛剛說沒帶警察是說假的，他瞪著悠哉站在玄關另一端的人。

「我真的沒帶啊，他自己要跟來我有什麼辦法。」嚴司聳聳肩，他的確沒說謊，是玖深自己硬要跟上來還打電話回去揺人的，和他完全沒有關係。

當然知道這件事的虞因突然覺得他學長有點可憐，相信嚴司的鬼話根本是對方的錯，看來這個學長也沒有想像中那麼認識他學弟嘛……

說到底，這種直接上門找凶手的事有一定的危險程度，不帶人才有鬼……不對，就算有帶人還是有鬼。

看著依舊站在對方身後的阿飄，虞因忍不住推了推還在和對方抬槓的嚴司。

伸出了蒼白的手指，在趙駿希渾然不知的時候，那些手指從後慢慢地一根根貼上因極度憤怒而浮起青筋與血管的脖子，接著速度緩慢地開始收緊。

「你爲什麼總是可以這麼惹人厭。」完全沒有發現異狀的趙駿希在思考了幾秒之後，重新將刀尖指向對方，「不只是賴長安，其實我看你不順眼已經很久了，在大家努力時憑什麼你還可以有這種調調，好不容易穩定了工作和家庭、揹負貸款賺錢時，你卻生活無憂還吃好住好，在學校時也是這樣，感覺就像在嘲笑別人！」

「嚴大哥，你在大學也這樣花喔？」雖然大概曉得嚴司家裡的背景，但是明白對方現在生活方式的虞因還是忍不住白了對方一眼。

「我才沒有拿家裡的錢，都是我自己賺來的。既然自己有理財計畫，幹嘛不能吃好一點。」自己的步調是存固定、用固定，在有限花費裡用比較好的，嚴司才不管別人怎樣看，反正他又不是拿別人的錢在花。

「你到底是賺到啥程度才會被人說吃好用好啊！」

嚴司扳起手指，「兩份打工合起來月入四萬五？」他可是好不容易才說動某公司讓他用工讀的方式彈性工作呢，這還不包含其他偶爾的短期兼差就是了。

「靠，你去死吧！」虞因終於知道爲什麼他會惹惱別人了，他現在打工的薪水也沒他的一半多啊！

「你幹嘛不去說我前室友，那傢伙打工薪水也沒比我低啊！而且還拿去買電動！」嚴司立刻抗議了。

「不想跟你們這些鬼怪討論這種事。」虞因打賭就算是自家老子，在學生時代也沒這麼會搶錢……是說他家老子在警校不能打工就是了。

正想繼續反駁鬼怪的事，嚴司突然推開虞因，撲空的水果刀被收了回去，剛剛完全被忽視的趙駿希重重粗喘著氣，狠狠瞪著他，泛紅的脖子上已經開始出現了手指印，本人八成因爲專注著想殺他們所以完全沒注意到呼吸困難這回事——也有可能是以爲自己過於激動才會呼吸不順吧。

「快點開門！」被鎖在外面的員警已經放大聲音，敲門的音量轉而變大。

就在雙方僵持不下時，趙駿希突然發出奇怪的聲音，然後像是終於發現不對勁似地抓住自己的脖子，臉色漲紅地跪倒在地。

從虞因的眼中看到的，是女性露出濃烈的恨意緊緊掐住了對方的脖子，像是要致他於死地般完全不肯鬆手。

「護身符借我。」嚴司也跟著蹲下，看著那道越來越深的指印，沒回過頭就朝虞因伸出手。

「咦？你要給他用喔！」虞因睜大眼睛，有種很不想出借的感覺，要是被方苡薰知道肯定也會被抱怨的。

「總之先借我就對了。」

看嚴司這麼堅持，虞因也只好心不甘情不願翻出那個護身符交到對方手上。就在嚴司把東西套到趙駿希脖子上時，原本不放手的女性發出了尖銳的嘶叫聲，瞬間消失得無影無蹤。

「這樣好點沒？」嚴司幫忙讓人順氣，對身後的虞因使了個眼色。

讓出空位後，虞因連忙打開被鎖起來的大門和防盜鏈，一回頭他就看見趙駿希握著水果刀的那手用飛快的速度直接往靠在一旁的嚴司而去，「嚴大哥！」

玖深和其他員警衝進來時，只看見玄關地上的一灘血。

制住趙駿希將人壓在地板、還順勢坐在對方身上的嚴司甩開左手上的水果刀，舔著握刀時被割出來的傷口，「學長，我要跟你自首，其實我不確定學妹是你殺的啦，我只確定她不是長安學長殺的；至於彈性繃帶下面是啥我還眞沒有概念。」說著，他拉掉被壓制者手上的一塊彈性繃帶，露出底下黑色的抓痕，「而且照常理來說，一個月左右的傷口應該也好得差不多了，不是嗎？何必如此緊張……好吧，雖然這次的事完全不合常理。」

站在門邊的虞因鬆了口氣，直到員警接手後，他才靠近拿了衛生紙按住傷口的人，「嚴大哥，原來你防身術也不差喔。」雖然之前就知道他會打架，但剛剛的壓制動作還眞漂亮。

「……老大會壓著你打，我也要防備被人壓著打啊。」嚴司拍拍對方的肩膀，一抬頭就看見後面跟上來的檢察官，「對吧。」

踏進門，黎子泓直接朝對方笑得很得意的腦殼巴下去。

□

「趙駿希在畢業之後，還有繼續和賴長安往來。」

第二天，嚴司坐在警局的休息室裡，正忙得告一段落的虞夏把資料本丟在桌面，「正如你之前講的，賴長安這幾年工作上發生的傷害糾紛都是廖雪怡造成的，摔下樓梯的人沒看到是不是賴長安動的手，只知道有人從後面推他，等恢復意識時就看見賴長安在幫他叫救護車，才直覺是他動的手。」

「前幾年因爲欠債和傷害賠償的金額過於龐大，所以他才突發搶劫念頭，在街上隨機搶了提包，廖雪怡的犯案也差不多是同樣的理由。」

翻著昨天連夜整理出來的初步資料，整晚都沒睡的虞夏咬著小點心，說著：「後來趙駿希借了他們一筆錢，但是那筆金額不太正常。我覺得大概是趙駿希有什麼事在他們手上，前後陸陸續續大概給了他們一百多萬，卻沒有任何借據。據說趙駿希也沒有去催討，附近鄰居也很少見到他。」

嚴司按著手掌上的繃帶，去縫了幾針的他歪著頭想了半晌，「手上的抓痕比對呢？」

「與廖雪怡的手指一致，另外，廖雪怡臉上的痕跡經比對後也與趙駿希的手掌相符。」虞夏打開了相片頁，敲了敲上面的加急報告，「另外我們也從他家裡搜出鑿子，目前正在化驗中，只要確定上面的血跡是廖雪怡的，那就沒錯了。」

「可以安排我和他們兩個見一下嗎？時間不用太長。」

大約半個小時左右，嚴司就坐在特別關出來的室內，桌子另一端則是被提出來的趙駿希和賴長安。虞夏讓員警先離開，自己就站在一旁。

嚴司支著下頷，懶洋洋地看著他的兩個學長。

「我們沒什麼好講的。」轉開頭，先打破寂靜的是賴長安。

「喔，我也差不多啦，不過我有個疑問，沒問清楚覺得很麻煩。」嚴司把玩著手上的筆，笑笑地看著兩位學長，「那天在屋頂上用乙醚的應該是趙學長吧？」

賴長安愣了一下，轉看身旁另一個人。

「我就覺得奇怪，如果是長安學長，沒道理讓學妹殺人又叫救護車，感覺上有點多此一舉，所以我想那天幫學妹的人應該是趙學長。你要我先幫你弄下樓假裝沒有自己的事，之後又跟上去……該不會長安學長本來不知道學妹要做那些事吧？」嚴司頓了頓，也沒打算等他們開口，逕自說了下去：「我後來想，說不定是這樣的，長安學長大概只想給我們一點教訓，我估計大概是全部灌醉後被塗鴉或叫舍監、老師之類的人來罵人吧，但是一回頭卻看見學妹搞出這麼大的事，接著更沒想到趙學長連乙醚和刀都拿出來了，所以長安學長在學妹殺傷人後才趕忙叫救護車，趙學長也才會來得那麼快，你根本就跟在我後面啊。當然，這只是我個人的猜測而已。」

聽著嚴司的話，賴長安的臉色始終很陰沉，接著轉向了身旁的趙駿希，「你到底還跟雪怡做了什麼事？爲什麼她向你拿錢時你會那麼乾脆？」

「雪怡學妹跟趙學長拿錢，用的應該就是當年的這件事吧，畢竟被學校開除的就只有長安學長你和學妹，趙學長似乎完全沒事啊。」嚴司勾著笑，不在意他們有沒有回答，「捅出來大概就不怎麼好聽了，畢竟趙學長還有工作、老婆和小孩的嘛。」

賴長安豁然站起身，一旁的虞夏快了一步將人按回椅子上。

「他自己要擔的，我有什麼辦法。」過了半晌，原本頭一直轉向另一邊的趙駿希突然似笑非笑地轉回了視線，直直盯著嚴司，「廖雪怡和他兩個要做悲劇英雄，要讓全天下對不起他們我有啥辦法。老師在問時我就說我都不知道啊，我也喝醉了，上樓就看到廖雪怡拿刀在殺人……反正她口口聲聲說是在主持正義，當然不干我的事。然後賴長安自己也覺得事情因他而起，他要負責，那就他們兩個去負責就好了，我何必因爲這件事跟著被退學呢。」

「所以其實那個聚會是你和長安學長一起規劃的吧，我就在奇怪其他學長與長安學長不對盤，怎麼會願意去，八成是你邀了一半的人、學妹邀了另一半，說的就是其他人都有參加。」看著惡狠狠瞪著對方的賴長安，嚴司懶洋洋地說著。

趙駿希往後一躺，蹺起了腿，「對啊，賴長安跟我抱怨你們一直在排擠他，甚至連教授都受到你們這些小人影響，那我當然回說不如給你們一個教訓呀，廖雪怡就一頭熱了。她私下覺得賴長安的教訓計畫沒什麼，不如讓你們這些人全都消失更理想。所以刀是她自己準備的，與我無關，那個計畫就是你們喝酒亂性輪暴了她，接著，她因爲受創嚴重，產生精神傷害，拿了烤肉聚會上用的水果刀將你們殺掉，這樣如何？」

「聽起來還算不錯，而且所有人都喝得爛醉了，剛好也不能抵抗，一個女孩子就夠了。

不過意外地我沒有喝醉又跑上去，你就乾脆幫忙了一下。」嚴司攤攤手，「沒想到長安學長還不知死活地打電話叫救護車，才破壞你們的計畫，所以你乾脆就丟給他們兩個自己去收爛攤子了。」

「是啊，其實現在想想，以前也太天眞了，還以爲這樣能不知不覺，其實眞的殺人後，警察到了現場應該也查得出來吧。」看了眼一旁放開手的虞夏，趙駿希微微瞇起眼睛，「沒想到廖雪怡因爲這件事一直來糾纏我啊，沒事就來跟監、要錢，還脅迫一定要幫賴長安找到什麼人上人的工作，鬧得我很煩，我乾脆就找了一天去他們家攤牌，接著和廖雪怡打了起來。她想逃走求救，不過賴長安就坐在旁邊看，哈。」

看了眼一邊的賴長安，嚴司摸著手上的紗布，「死亡現場在三樓對吧。」他思考之後，一直覺得對方倒掛下來的動作應該是有原因的，說不定那時學妹在外面只是想回家。

「對，那個女人尖叫著逃了上去，以爲有人可以幫她，沒想到三樓那戶剛好沒鎖，我在那邊抓住她，就這樣在裡面殺死她，賴長安也站在旁邊看喔。」表情一點也沒改變，依然笑著的趙駿希比劃著，「看到她我就一肚子火，她根本就有病，所以我也不知道在哪裡拿到那把鑿子，就挖她的臉。那該死的眼睛不是很喜歡看嗎，每次都露出高高在上的表情，我就讓她到死都只能睜著看！」

相較於越說越激動的趙駿希，坐在一旁的賴長安完全沒有任何生氣，就只是坐著。

「長安學長，我之前問你的問題，現在可以告訴我了嗎？」看著那個人，嚴司緩緩地開口：「飲料商他家的凶手你知道對不對，那時候就在三樓，你知道他。」所以那天他才會抓著自己進二樓的家。

看著眼前的人，賴長安緩緩地點了頭，「等我們都冷靜下來之後，一回頭才發現住在三樓的那個大學生不知道什麼時候回來了，就站在門邊看著我們殺人，然後他說……他可以沒看到，反正大家都一樣。接著他打開他的房間給我們看……裡面有具女孩的屍體……」

「等等！」虞夏突然切入對話，一把拽起賴長安，「說清楚點，什麼女孩的屍體？」

「是、是一具大概十五、六歲的女孩乾屍，看不出原本的樣子，沒有手指頭。」被虞夏的動作嚇了一跳，賴長安瞠大眼睛。

「老大，你們昨天去搜有看見嗎？」嚴司抓到趙駿希之後，順便把自己的猜測告訴其他人，加上之前賴長安藏匿在三樓，所以黎子泓和虞夏就順路去抄了三樓。

「什麼都沒有，那個叫蘇彰的人已經不見了，屋裡沒留下現金，看來應該已經跑了。」

丟開手上的人，虞夏冷哼了聲，「只抄到一包血衣。」似乎是早知道他們會去，房子裡被整理得異常乾淨，居然採不到任何有用的線索，他估計對方或許並不是眞的住在那個地方，那裡只是一個僞裝的落腳點而已。

嚴司點點頭，看向被放開的賴長安，「所以你們就和他達成共識對吧，那時蘇彰殺了飲料商之後直接從二樓經過長安學長你家，留下了腳印，就這樣回到三樓。」

賴長安點點頭，意外地很配合，「我幫他擦掉窗框上的血……他好像是在現場踩了血之後用塑膠袋包著，一進來就把塑膠袋丟在我家，要我處理掉……他那天約你上去，我就覺得不太對勁……大概就是這樣……」

「好吧，我了解了。」嚴司站起身，伸了伸懶腰，然後走到趙駿希旁，直接抽掉對方身上的護身符，「那接下來，趙學長你自己加油囉。」

沒答案之前，可不能讓對方發生事情嘛，現在都知道了，那他當然就要物歸原主了。

在看不到的地方，學妹應該還在等著吧，希望他可以順利等到審判那時候。

「嚴司！你永遠都不知道我們這些人過日子的心情……」

「對了，我告訴你一下吧，趙學長。」小心翼翼地收好護身符，走到門邊的嚴司微笑地轉回來，「我個人呢，對於一些食材、調味料容易過敏，所以會追求比較高品質、純粹的食物，因爲一個弄不好會很嚴重的，這可是我的弱點，也是祕密喔。」

趙駿希愣住了。

「下地獄之前嘴巴要閉緊點哪。」

「我都不知道你有過敏體質。」

讓其他人帶走兩個凶嫌後，虞夏皺著眉看著早一步出來的傢伙。

「沒有人喜歡一天到晚把自己的致命傷掛在嘴上吧我說。」嚴司笑笑地接過杯水，與對方並肩往大門方向走，「只要注意一點就好了，當然我也不會告訴老大你過敏原是什麼。」

「如果你剛剛說的話不是騙人的，八成過敏原是很平常又便宜的某種材料，所以你才怕隨便吃都會吃到。」現在才發現搞不好自己並不是很熟悉這個人的虞夏沒好氣地開口：「但是你又常來我家吃飯，那麼所謂的材料一定是外面店家常常使用，一般家庭裡不一定會用到的東西，而且不是甜食用的材料，是正餐。」他在吃甜食時倒是沒那麼挑，還會跟虞因他們搶團購的東西。

「欸，老大你好敏銳喔。」嚴司咬著杯子，也不意外對方可以猜到這種地步，很愉快地聳聳肩，「不要告訴我前室友喔，知道的人不多。」

「楊先生知道吧。」

「嗯啊，不然他怎麼幫我準備食物。」和食物有關係，當然早早就告訴過楊德丞了，思考著對方應該也可以會客了，嚴司打算下午沒事就去醫院一趟，因爲醫院裡有認識的同學在那邊工作能夠幫忙照顧，所以他才這麼放心地先處理這邊，「蘇彰應該不是本名吧？」

「對，我們查了記錄，沒這個人，打工的地方、房東那邊全都是假身分，當初履歷用的照片我已經送去調查了；你最近自己小心一點，不知道會不會有危險，晚點我會讓人過去保護你幾天。」虞夏走到大門口停下來，看見自家大兒子就在不遠處，一看見他們就推著摩托車過來。

「咦，不用那麼麻煩吧，現在警察在找他，他應該早跑了，哪有可能心情那麼好又來找我。」覺得被跟來跟去很麻煩，嚴司苦著臉拒絕。

「這是你前室友的意思。」虞夏冷淡地駁回，已經打點好的他環著手，「另外，你拿給玖深的那張名片已經採到指紋，現在正在分析中，看看還是否跟其他案子有關係，如果有什麼記錄就好了。」

「我也很好奇他到底是誰，沒想到還有跟老大一樣會飛簷走壁的人啊。」嚴司嘖嘖了兩聲，很認眞地思考該不會對方也是少林寺出來的傢伙吧，「一開始眞的認不出來啊，那種畏畏縮縮的樣子，完全和那天看到的血頭血臉劃不上等號。」他也是因爲最近對方頻頻接近，加上賴長安的事情才起疑心，之後仔細一思考，才發現兩人的輪廓眞的有點像。

「他是個很會僞裝自己的凶手，而且冷靜得可怕。」

在虞因抵達的同時，虞夏停止了交談。

頭頂太陽、推著摩托車走了一小段路，滿頭汗的虞因一到就說：「小聿今天跟方苡薰他們出去了，載嚴大哥回去之後我就直接過去帶人囉。」

「不要又到處亂跑。」虞夏點點頭，隨便交代了句。

「又沒有亂跑。」虞因不滿地嘀咕著，當然不敢太大聲，把安全帽拋給站在一旁的嚴司，「閃人。」

「對了，這先還給你吧。」嚴司掏出護身符，笑笑地還給主人，才逕自爬上摩托車。

「咦？用不上了嗎？可是你那個學妹還跟在他後面耶。」虞因發動了車，有點不解爲什麼會現在還他，他還以爲嚴司是不想看自己的學長被阿飄纏死。

嚴司拍拍大學生的肩膀，愉快地說：「小孩子有時候不要問太多比較好喔。」

「……喔。」決定不去想那個趙先生的下場，虞因向虞夏打過招呼之後，就催動油門轉了頭，直接朝嚴司的住所而去。

趙駿希落網之後，虞因也從自家大人口中得知蘇彰是那個飲料商的凶嫌，雖然非常驚訝，但同時也理解爲什麼嚴司後來會那麼不客氣了。

只是他還眞難把那個人和凶手劃上等號，明明看起來就是個內向的老實人啊……而且他的年紀，應該和自己差不多吧，到底有什麼原因讓他殺人呢？

一路上想了許多可能性，後座的嚴司也出乎意料地沒有騷擾對方，就這樣順利地回到了大樓前。

「被圍毆的同學，你不上去坐一下？」嚴司遞還安全帽，看著大樓，勾起了笑。

「不了，我和小聿有約。嚴大哥你不要又亂跑了，乖乖在家裡養傷，不然黎大哥下次應該不是巴頭就可以解決了。」昨天如果不是因爲員警人多，虞因眞的覺得黎子泓那時候的心情是先踹，而不是先巴。

「這句還給你吧，路上不要又亂搞了。」

「明明這次是你！」

目送著對方進大樓之後，達成任務的虞因才把車調了個頭，看了下時間還算早，等等接到人後應該可以再去吃個點心什麼的。

正打算離開時，他停下了。

那個女孩就站在他前方不遠處，漂亮的手指向了大樓。

□

嚴司在插進鑰匙那瞬間，就注意到自己的房子又被撬了。

費了點工夫才打開鎖，屋裡照樣又是完全沒被動過的樣子，除了地上那排黑鞋印。

放下了外套，他順著那排鞋印走進臥室，這次鞋印已經完全入侵到床邊了，出門前才整理好的床鋪上多了東西——一把他家的水果刀穿透了張千元大鈔直直插在他枕頭上。

「還錢也不是這種還法。」嚴司冷冷地說，看著另一把刀則是插在比較下面的地方，約是肩頭位置。

想打電話給虞夏時，嚴司瞬間注意到有抹黑影朝自己撲來，他反射性躲開，沒抓好的手機被撞飛到一旁，掉落地上後彈開撞到床角，然後被人一腳踩上。

警方正在找的蘇彰就站在他面前，微笑地踩碎了手機。

「我還以爲你不會留在屋子裡咧。」嚴司慢慢朝房外面退出去，注意到對方手上套著手套，握著他家的菜刀，看來這傢伙的凶器果然都是隨地取材。

「準備好下手就會留了。」蘇彰一反先前緊張的模樣，拿下了眼鏡放到了胸前的口袋，露出了笑，「還眞花了不少時間。」

「你果然是個喜歡布置現場的傢伙。」之前飲料商那件案子他們就覺得奇怪了，爲何弄成搶劫殺人的現場，後來虞因那件像是隨機下手，楊德丞那件則是瓦斯氣爆……嚴司知道楊德丞很謹愼，工作前一定會先檢查，所以不小心發生氣爆這種事讓他完全不相信，那唯一的可能就是凶手搞的了。

「我喜歡有故事性的感覺，那會有很多想像。你看到賣飲料的家裡，布置成好像被搶劫的現場，會讓人聯想到他可能有債主啊，可能有什麼不得了的過節，隨便殺死太無聊了，有主題比較有趣。」蘇彰轉著手上的菜刀，也不急著追上去，踏著悠閒的步伐慢慢跟到了客廳，接著一個箭步越過人，擋在門口，順勢鎖上門，「你的門鎖壞了，我在撬門時有計算過，剛剛硬打開現在上鎖就會卡住，所以如果眞的要逃，大概只剩下從窗戶跳下去的方式了。」

「你設計我的主題性就是跳樓嗎？眞是一點都不特別。」嚴司隔著沙發，靠在後面的牆上，盡量避免讓對方繞過來。

「不，既然是法醫，我當然幫你設計了一個好像鬧鬼的故事，最近這幾天應該還滿有趣吧，有沒有一種死者在找你的感覺。」蘇彰踩著地板的黑色鞋印，也靠在門板上，樂得和他閒聊。

「很遺憾，你設計的太不精準了，我第一天就知道是人，完全沒有意思。」還想到在水龍頭給他塞紅色顏料咧。嚴司想著如果是自己，一定會弄得比對方還要好，讓獵物生活在恐懼之中，「不過我倒是有點奇怪，記憶中我和你沒仇，我也從沒見過你，大費周章整我到底是爲什麼？」

蘇彰聳聳肩，挑起眉，「我不是說過樓下那兩個常常吵架嗎，我就常聽到嚴司最可惡什麼的，後來從電視上得知原來你是法醫啊……那說不定很有挑戰性，沒想到在等新獵物時你居然眞的出現了，所以我當然也就很愼重地幫你做了一個故事主題。」

「你那天蹲在陽台是在等新的下手對象？」嚴司突然覺得那天應該讓虞夏去開窗戶的，這樣他就可以看到正宗少林寺超強對決。

「是啊，記者也好、他老婆、女兒也好，警察或誰都好，我已經想好要做什麼有趣的新主題了，沒想到提早遇到你，還眞是讓人興奮。」蘇彰舔著上唇，看著就近在眼前的目標物，非常高興地笑著，「虞因與楊德丞算是暖身，當作送給你的禮物，讓你知道我已經在你附近了，不錯吧。」

嚴司立刻知道他們的關連性了，原來都和自己有關嗎……看來第一天虞因送補品從他家離開時就被蘇彰盯上了，肯定是在他家外面監視的蘇彰藉由這個機會接近自己，才會對虞因先動手吧。會當第一個發現虞因的人，估計也是那時他身上沾了血，與其換裝還不如直接抓著虞因染上新血掩蓋來得快。

「飲料商爲何而死呢？」既然虞因與楊德丞是因爲自己，嚴司現在比較好奇的就是一開始死掉的飲料商。

「喔，其實也不是什麼特別的原因，我那天剛好在其他地方散步，看到他的車子覺得挺有興趣的，才看了一下就被罵，所以就決定找他下手。」蘇彰把玩著菜刀，說著：「他車子駕駛座前有幾隻小公仔，本來只是想看看，眞是個小氣的人啊。」

「只是因爲這樣你就有了殺意？」嚴司評估著這個人精神應該不太正常，看了眼室內電話，線路已斷了，看來對方還眞的規劃好一切，就等著他回家。

嘖嘖，自己果然太大意了，想說警方在抓他，他應該在逃亡中，沒想到對方竟然還悠哉地坐在家裡等他回來送死。

虞夏說的沒錯，他是個很冷靜的凶手。

「也不能這樣說，只是他比較倒楣一點而已。」蘇彰向前踏了一步，笑著：「不過某方面來說也算幸運吧，我還滿認眞地在幫他想主題，跟你一樣，不過你的比較高級，應該要高興點才對。」

「你這種感覺會讓我想到屠夫拿刀在跟豬講等等你會變成高級料理，被宰時應該心情愉悅。」不過嚴司倒是不希望自己當那頭豬，他的人生規劃裡可沒有這種選項。

「這樣想可能會比較輕鬆吧，附帶一提，別掙扎會死得比較乾脆，不然沒切對位置會痛滿久的。」

「怎麼可能！」

蘇彰撲上來那瞬間，繃到最緊的嚴司險險地避開了揮過來的刀，然後翻倒沙發擋住對方的動作，暫時先往房間躲去。

但是他很快就發現房間的鎖也被破壞了，主臥室裡的浴室也一樣，看來蘇彰把他家的鎖全搞壞了，現在躲到其他房間也是不可能的事。

他突然想起不久前小海的忠告，然後苦笑地搖頭。他可沒有女孩那種把對方打成豬頭的高強能力。

才短短幾秒，蘇彰已經出現在房門口，臉上的表情居然顯得輕鬆愉快，好像在玩遊戲。

嚴司看著對方，抄起床頭的夜燈和自己身上的皮包直接朝窗外扔，夜燈直墜中庭花園，發出爆碎的聲響，引來樓下細小的騷動。

與此同時，蘇彰已出現在他面前，反射性地扣住對方抓過來的手，嚴司本來想先折掉他的手指，但沒想到蘇彰居然一個轉動就掙脫了，而且還在他來不及還手時先一把抓住他的脖子，重重地掐著。

「爲了方便殺人，我學過搏擊和其他有的沒的，還常常去攀岩，你要不要就乾脆一點啊。」單手制住人，也不急著馬上殺掉嚴司的蘇彰有趣地笑著，正想讓獵物再掙扎一下時，他猛地抽回手，瞇起眼看著手腕上出血的刀痕。

嚴司被放開後，撞到後面的床頭櫃，捂著脖子不斷咳嗽，騰出來的右手握的是剛剛從床上拔下來的刀子，沾血的紙鈔無聲無息地飄落在地面上。

幾乎同時，門鈴大作，門外還不斷有人拍門，警衛的聲音從外頭傳進來，「嚴先生？」

看了客廳方向一眼，蘇彰呼了口氣，「不玩了，你這樣破壞了我的故事性。」

「你乾脆重新設計一個殺人犯被抓起來的故事如何？」對方揮下刀子時，嚴司一個快步衝上前撞到對方身上，然後朝著對方的右手腕、手肘和肩膀關節各刺下一刀，打算先卸掉對方一半活動力。

不過他也沒佔到多大便宜，菜刀從肩膀劃去，掀起一片熱辣辣的劇痛。

沒想到會被攻擊關節處，一下子提不起力氣的蘇彰被撞倒在另一旁，接著用左手重新握住菜刀站起身，直接把正想起身的嚴司踹倒在地。踢開了刀子後，整個人壓了上去，「我兩手都能用喔……算了，先處理掉再說了！」說著，他用菜刀在對方的背部慢慢地割上幾刀，算是剛剛的回禮。

「等等！最後一個問題。」嚴司被壓在地上翻不過身，喘著氣吃痛地側過臉，看見了那把刀最後抵上了他的後頸，「你絕對不是大學生，你幾歲？」他記得自己前室友曾說過對方細胞老化程度起碼在三十左右。

「好問題，整形美容其實是個不錯的行業。」蘇彰俯下身，直接在下方人的耳邊報了一個數字，「ＯＫ，認識你還滿愉快的，掰掰囉，嚴大哥。」

那時他聽到死亡的聲音就是那麼接近，和多年前學生時代一樣。

大廳外不自然的吵嚷一下子變得非常遙遠，他只想到現在被剁掉，他前室友還有楊德丞等等，應該會直接對他鞭屍，想到這裡就讓人完全不想死啊。

所以他用盡最後力氣掙扎，冰冷的刀子失了準頭，從後頸滑向前，一路劃開了長長卻不算太深的刀口，最後插入裝飾地毯，刀鋒就貼在他的傷口上。

蘇彰最後抓住嚴司的頭髮把人固定。

下一秒，某法醫家大門活像是被人爆破似地發出超恐怖的巨響，轟然炸開來。

「警察！別動！」

□

那瞬間，嚴司還滿想調侃終於炸壞他家大門的人，但蘇彰把他拽起來之後他才發現撞破大門的竟然不是他預想中的虞夏。

「幹！老娘是說可以警民合作，但憑什麼破壞大門是恁祖嬤的活啊！」對著一旁的基層員警罵著，把大門門鎖用某種方式破壞掉的小海站在門外，後面是應該已經離開的虞因和警衛，還有幾個來湊熱鬧的住戶。

雖然暈頭轉向，但嚴司還是可以肯定他家的門一定是被暴力破壞的。

「嚴大哥！」虞因看著室內一片混亂，錯愕地發現屋主就在臥室裡，那個聽說逃亡中的蘇彰拔起刀子，重新抵在嚴司的脖子上。

「放下刀！」本來只是來巡邏的員警看到這種場面也嚇到了，另一個連忙用無線電回報中心，請求支援。

蘇彰聳聳肩，握刀的手加重了力道，在嚴司脖子上拉出新的血痕，「麻煩放下槍。」

戰戰兢兢地看著屋內的凶徒，兩名員警互相看了一下，持槍那個慢慢地將槍放在地面上，「放下刀，不要傷害人質。」

「真是的，搞成這樣子害我想要另外弄個主題的心情都沒了。」蘇彰壓著人，氣定神閒地往陽台方向退，「不過，如果改成官兵抓強盜的誤殺好像也不錯，如何？」

「很爛。」嚴司覺得自己滿中肯的。

「那就沒辦法了，剩這種選擇。」

「還有……你可以選強盜的落敗。」嚴司抓準了對方疏忽的那瞬間，攻擊了早先自己在對方手上弄出的傷口，手指掐進血肉裡後直接往外拗。

沒想到他會來這招的蘇彰發出吃痛的低吼，失手沒抓穩的菜刀就這樣掉在地上。

眨眼瞬間小海便已衝出陽台，一拳又重又快地砸在蘇彰的鼻梁上，然後拽住嚴司就往屋裡扔，正好丟在從後頭趕來的虞因身上。

被打出鼻血的蘇彰意外地沒就這樣被小海給扭了，反而是在小海扔人時撞開了她，接著衝著所有人露出了血淋淋的笑容，一搭陽台欄杆就往外跳。

兩名趕上的員警發出驚呼，直接撲到陽台邊，這才發現欄杆上原來繫著逃生繩，順著繩子滑下去的蘇彰很快就和他們拉出了段距離，雖然知道趕不上，但員警們還是轉頭朝樓梯衝去。

「幹！俗仔！打不過女人就想逃！」看著在下面滑繩子的傢伙，小海撿起了菜刀朝繩子重重砍了幾刀，在對方還在二樓的高度時，繩子就這樣硬生生被劈斷了，人和繩子同時應聲而落，摔在下方；但因爲高度不高，似乎沒摔死的凶手在幾秒後站起身，翻過了大樓圍牆，一拐一拐地逃走了。

小海銜著下面又罵了幾句髒話，翻出了手機撂兄弟，嗆說絕對要堵到對方給他死。

「嚴大哥！」虞因扶著滿身是血的人，讓一旁的警衛與住戶快點幫忙找繃帶和毛巾過來協助止血。

嚴司因爲大量失血而暈眩，完全沒有力氣回應對方的叫喊，基本上剛剛的反撲已經算是用掉最後的力氣了。

然後，警笛聲從大樓外傳來，不久後是救護車的聲音。

可能再沒多久，就是記者們蜂擁而來的喧鬧聲了吧。

大概又會有人拿這棟出過事的大樓大作文章。

更可能的是又開始釘警方辦事不力了吧。

□

他醒來時，房裡異常地熱鬧。

「這四個是嚴大哥的份，不要吃錯，小聿你的在這邊。」

「這房間有夠小，老娘就說轉去老娘認識的醫院，可以住貴賓室啊！」

「已經夠大了好不好——」

雖然不知道爲什麼會是三隻小的在旁邊，但是嚴司悠悠轉醒時，就看見三人正在旁邊的桌子圍成一圈，桌上還擺了一堆布丁和果凍，一旁地上丟著小箱子。

第一個發現人醒的是小聿，他拉了虞因，然後三個人全都圍了上來。

「嚴大哥你還好嗎？」虞因按了護士鈴，看對方要起身，連忙幫著擺放枕頭，「好危險喔，失血有點多，你睡了一天一夜。」

看著病房的電子鐘，顯示著下午的時間，嚴司很快就想起了蘇彰來他家伏襲的事。

「就說那種傷死不了人。」站在一旁的小海扠著腰，「老娘之前和人火拚還比較嚴重，還不是活蹦亂跳的。」

「不要拿嚴大哥跟妳比。」虞因深深覺得搞不好小海就算被砍斷頭，還是會堅持把對方的頭也扭斷才倒地。

接著護士和醫生進了病房，檢查完後交代了幾句再度離開。

看著自己的病歷表，確認沒有什麼後遺症後嚴司才丟開，「蘇彰抓到沒？」

虞因搖搖頭，「跑了。」所以新聞報得更大了。

「老娘有叫兄弟們留意了，既然有照片那就好找。」小海坐在椅子上，晃著兩條白皙的腿，「不過還眞巧，老娘這兩天剛好休假經過。」她倒不知道嚴司住在那邊，是路過看到虞因，一時心血來潮去打招呼，接著就被人抓著衝進去了。

「對了，爲什麼妳會去那邊啊？」記得小海的活動範圍好像是另外一區，其實從昨天就想問的虞因看著小聿幫忙拿水給傷患，還乖乖地整理好旁邊的物品。

「一太哥不知道發什麼神經，突然叫老娘在那個時間去那邊的什麼店家幫他拿個東西，結果還沒買就遇到你了。」小海打開了果凍，倒是很大方地吃了起來。

「呃……」虞因決定不要繼續深思。

看著三個小的，嚴司呼了口氣，突然想到自己最後那個問題，「可惡，那個蘇彰根本不是二十幾歲。」

「咦？不是大學生？」虞因也愣了下。

「他比我還大，三十四歲。」那時聽到對方的年紀，嚴司就恨得牙癢癢的，「一定是微整形，居然還厚臉皮叫我大哥，一想到雞皮疙瘩就掉不停。」

「哇塞，這個人也太誇張了吧。」沒想到只差自家老子幾歲，虞因搖搖頭。

「糟糕，如果他有做微整，等到玻尿酸退掉，肯定臉又會變得不太一樣。」一般短時效的不會維持太久，約半年到一年。嚴司思考了會兒，蘇彰是個冷靜的犯罪者，應該不可能使用長效固定自己的臉，很可能會另外再偽裝成其他身分。

下次再見面，搞不好又會被唬爛過去……還是不要有下次比較好。

病房門被推開，虞佟和虞夏前後走了進來，前者手上還提著保溫鍋。其實不算小的單人房在又擠進兩人後，變得更狹窄了。

「渾蛋！和犯人搏鬥很危險你知不知道！」看著最近幾度進醫院的人，好不容易甩開媒體騰出時間的虞夏一屁股坐在床邊。

「做人求生存嘛。」嚴司張望了下，沒看見自己的前室友，他鬆了口氣，起碼不會一醒來就遭雷劈算是好事。

「你工作那邊延長了傷假，這次請好好休養。」虞佟將鍋子放在桌上，看向坐在一旁的女孩。

不等對方開口，小海眼睛發亮地抓住人邀功，「這次老娘有幫上忙喔！條杯杯你覺得厲不厲害！」

虞佟無奈地笑了笑，然後摸摸女孩的頭以資獎勵，「眞的很謝謝妳的幫忙。」

小海開心得臉都紅了。

「嘖嘖，可能假以時日會練成御用警犬。」而且還是超會咬人的那種。嚴司看著眼前彷彿道士收厲妖的這幕，有如此的深刻感想。她會出現在病房根本就是在等虞佟吧！

「什麼鬼。」虞夏白了傷患一眼，懶得在這種時候跟他抬槓，「等傷好你就搬家吧，雖然蘇彰應該不會再出現了，不過你那個住所風水實在太不好了，這段時間我們會幫你找個新的住所。」之前死過人，現在又差點死人，不管在安全上還是其他方面，他都覺得那裡不要再住比較好。

「咦？老大你啥時信風水了？」

「囉唆！」

看著眼前吵吵鬧鬧的人們，嚴司露出了淡淡的微笑。

這些人果然還是很有趣，所以還是活著比較好啊。

長安學長他們什麼時候才能體會這種樂趣呢？

算了，那和自己無關。

「對了，黎大哥應該也快到了。」

「叫他不用來啊！」

下一秒，病房門被推開，嚴司看見了黑著臉的厲鬼就站在門外，後頭還颼颼地颳著暴風雪。

整間病房都安靜了。

「裝潢費、材料費、重建費……可惡賠好大啊……」

嚴司勾起笑，看著正要出院的友人，「就說我幫你貼一半嘛，你算是被我牽連的，當作贊助囉。」

「廢話，等我扣完保險費之後看缺多少再跟你討。」完全不客氣的楊德丞收拾好衣物之後，搭著一樣還帶著傷的朋友，「有夠衰的，沒事被捲進你的恩怨裡……是說學妹眞的就這樣不見了啊？」

「唔，大概跟趙學長玩得很愉快吧。」

「……」楊德丞決定不要去想所謂的愉快到底是什麼。

離開了醫院，嚴司帶著人上了計程車，司機的車上正播放著新聞廣播。

「我問你一個問題。」看著還是悠悠哉哉的朋友，楊德丞在住院這幾天想過幾件事情，最後有個讓人惱火的結論。

「嗯？」

「我記得你常在說虞因他們走靈界路線，好像也認識了幾個一樣怪怪的朋友，應該讓他們介入就可以處理學妹的問題……我覺得你也是那種看戲的人，但是你這次卻沒讓他們幫忙。」楊德丞盯著對方的臉，緩緩地問道：「你是不是認爲只要讓廖雪怡纏著你不放，她就不會去找下一個學長或同學當對象。」

他這幾天想了又想，只想到這個可能性。

廖雪怡想殺他們，所以嚴司就盡可能讓對方跟著自己不放。如果趕走，她就會去找別人，這件事直到嚴司和她約定讓賴長安洗掉殺人嫌疑後才停止。

現在廖雪怡跟在趙駿希後方。

話說回來，雖然賴長安洗掉了殺人嫌疑，卻仍有包庇和協助等罪行，不過兩相比較已經算是輕罪了，也許過不了多久就能夠恢復自由，重新在太陽下生活。

如果他想重新開始，出來之後也還不算遲。

楊德丞最近覺得，賴長安雖然對他們有恨意，但是幾次生死關頭時倒是都會出手幫忙，像是那時蘇彰找嚴司到三樓的時候也是，說不定他並不是眾人想像中那麼糟糕的人；也因爲這樣，嚴司才不是完全厭惡對方。

但是不管如何，楊德丞還是將對方劃進老死不相往來的範圍裡。

「我像是這麼好心的人嗎？」他還以為自己不是什麼好人耶。

「我只知道你對朋友以外的人都很差勁，但是一旦劃到朋友範圍裡都會認真以待。」雖然方式不太對就是了。

楊德丞後來也聽了護身符的事。

在那瞬間，嚴司把趙駿希排除到朋友的範圍之外了吧。

「誰知道呢……」

摸著脖子上的繃帶，嚴司淺淺地笑了。

「一個月前，應該是學妹死亡前後吧，你幹嘛急著找我？」

「……不知道，大概是……想找你幫忙吧，雖然很可笑，不過學校裡認識的人只有想到你了……」

載著乘客的計程車緩緩滑出了道路，離開了醫院。

後方，站在原地的女孩消失在陰影之中，只剩下隨風飄盪的新聞廣播聲——

日前殺人逃逸的嫌犯下落不明，如果民眾有相片上此人的線索，請與警方聯絡……

《殺意》完

【案簿錄小劇場】

護玄 繪

工作

是個很愉快又很多元化的工作

室　友

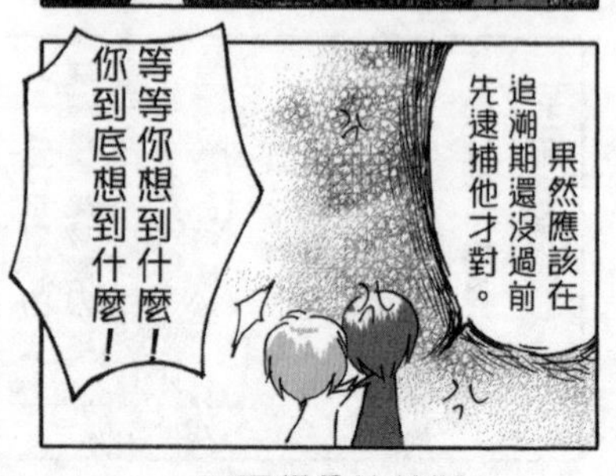

不要想會比較好

室　友（2）

不要說會比較好

蓋亞文化圖書目錄

書 名	系 列	作 者	I S B N	頁 數	定 價
恐懼炸彈（新版）	都市恐怖病	九把刀	9789867450340	320	260
大哥大	都市恐怖病	九把刀	9789866815690	256	250
冰箱	都市恐怖病	九把刀	9789867929761	240	180
異夢	都市恐怖病	九把刀	9789867929983	304	240
功夫	都市恐怖病	九把刀	9789867450036	392	280
狼嚎	都市恐怖病	九把刀	9789867450142	344	270
依然九把刀（紀念版）	非小說・九把刀	九把刀	4710891430485		345
人生就是不停的戰鬥	非小說・九把刀	九把刀	9789866473029	384	280
不是盡力，是一定要做到	非小說・九把刀	九把刀	9789866473036	384	280
1%	非小說・九把刀	九把刀	9789866473647		400
人生最厲害就是這個BUT！	非小說・九把刀	九把刀	9789866157035	384	299
綠色的馬	九把刀・小說	九把刀	9789866815300	272	280
後青春期的詩	九把刀・小說	九把刀	9789866815799	272	250
上課不要看小說	九把刀・小說	九把刀	9789866473654	272	280
樓下的房客	住在黑暗	九把刀	9789867450159	304	240
獵命師傳奇 卷一～卷十二	悅讀館	九把刀			各180
獵命師傳奇 卷十三～卷十九	悅讀館	九把刀			各199
臥底	悅讀館	九把刀	9789867450432	424	280
哈棒傳奇	悅讀館	九把刀	9789867929884	296	250
魔力棒球（修訂版）	悅讀館	九把刀	9789867450517	224	180
都市妖1~14	悅讀館	可蕊			各199
青丘之國（都市妖外傳）	悅讀館	可蕊	9789867450470	320	220
都市妖奇談 全三卷	悅讀館	可蕊	9789866815058		各250
捉鬼實習生 1 ～7（完）	悅讀館	可蕊			1406
捉鬼番外篇：重逢	悅讀館	可蕊	9789866815652	320	250
魔法師的幸福時光 1～9（完）	悅讀館	可蕊			1676
魔法師的幸福時光 番外篇	悅讀館	可蕊	9789866473913	208	180
月與火犬 卷1 ～8	悅讀館	星子		256	
魘	悅讀館	星子	9789866473968	288	240
百兵　卷一～卷八（完）	悅讀館	星子	9789867450531	272	1535
七個邪惡預兆	悅讀館	星子	9789867450913	272	200
不幫忙就搗蛋	悅讀館	星子	9789867450258	308	220
陰間	悅讀館	星子	9789866815027	288	220
黑廟　陰間2	悅讀館	星子	9789866815577	256	220
捉迷藏　陰間3	悅讀館	星子	9789866157073	256	220
無名指　日落後1	悅讀館	星子	9789866815362	336	250
囚魂傘　日落後2	悅讀館	星子	9789866815446	288	240
蟲人　日落後3	悅讀館	星子	9789866815713	280	240
魔法時刻　日落後4	悅讀館	星子	9789866473173	304	240
怪物　日落後5	悅讀館	星子	9789866473500	288	240
餓死鬼　日落後6	悅讀館	星子	9789866473616	256	220
萬魔繪　日落後7	悅讀館	星子	9789866473814	288	240
太歲（修訂版）　卷一～卷六	悅讀館	星子			各280
太歲（修訂版）　卷七（完）	悅讀館	星子	9789866815881	392	299
太古的盟約　卷一～卷四	悅讀館	冬天			各240
太古的盟約　卷五～卷九	悅讀館	冬天			各199
四百米的終點線	悅讀館	天航	9789866157004	364	250
君子街，淑女拳	悅讀館	天航	9789866157097	272	240
戀上白羊的弓箭	悅讀館	天航	9789866157165	288	240

*實際定價以各書版權頁爲準

術數師1　愛因斯坦被摑了一巴掌	悅讀館	天航	9789866815911	336	240
術數師2　蕭邦的刀．少女的微笑	悅讀館	天航	9789866473050	336	240
術數師3　宮本武藏的末世傳人	悅讀館	天航	9789866157318	336	240
三分球神射手 1～6（完）	悅讀館	天航		272	1420
東濱街道故事集　惡都1	悅讀館	喬靖夫	9789866815829	208	180
慈悲　惡都2	悅讀館	袁建滔	9789866473043	336	240
犬女　惡都3	悅讀館	袁建滔	9789866473227	208	180
武道狂之詩　卷1～11	悅讀館	喬靖夫	9789866473005	256	2294
惡魔斬殺陣　吸血鬼獵人日誌 I	悅讀館	喬靖夫	9789867450821	240	199
冥獸酷殺行　吸血鬼獵人日誌 II	悅讀館	喬靖夫	9789867450838	240	199
殺人鬼繪卷　吸血鬼獵人日誌 III	悅讀館	喬靖夫	9789867450920	240	199
華麗妖殺團　吸血鬼獵人日誌 IV	悅讀館	喬靖夫	9789867450937	368	250
地域鎮魂歌　吸血鬼獵人日誌 特別篇	悅讀館	喬靖夫	9789867450999	192	129
殺禪　全八卷	悅讀館	喬靖夫			各180
誤宮大廈	悅讀館	喬靖夫	9789866815423	256	220
天使密碼 全五卷	悅讀館	游素蘭			各220
說鬼　黑白館1	悅讀館	琦琦	9789866473333	320	240
惡疫　黑白館2	悅讀館	琦琦	9789866473517	272	240
遺怨　黑白館3	悅讀館	琦琦	9789866157486	320	240
血故事　人魔詩篇1	悅讀館	羽奇	9789866815638	224	180
氏族血戰	悅讀館	天下無聊	9789866473753	224	180
獵頭	悅讀館	烏奴奴＆夏佩爾	9789866473739	288	240
噩盡島 1～13（完）	悅讀館	莫仁		272	2739
噩盡島 II 1～11（完）	悅讀館	莫仁			2450
異世遊　全五卷	悅讀館	莫仁		304	各240
遁能時代 全五卷	悅讀館	莫仁			各240
山貓　因與聿案簿錄 1	悅讀館	護玄	9789866815560	256	220
水漬　因與聿案簿錄 2	悅讀館	護玄	9789866815645	256	220
彩券　因與聿案簿錄 3	悅讀館	護玄	9789866815775	256	220
祕密　因與聿案簿錄 4	悅讀館	護玄	9789866815836	256	220
失去　因與聿案簿錄 5	悅讀館	護玄	9789866473074	296	240
不明　因與聿案簿錄 6	悅讀館	護玄	9789866473319	272	240
雙生　因與聿案簿錄 7	悅讀館	護玄	9789866473586	288	240
終結　因與聿案簿錄 8（完）	悅讀館	護玄	9789866473685	288	240
殺意　案簿錄 1	悅讀館	護玄	9789866157547	256	220
異動之刻 1～8	悅讀館	護玄			1800
希臘神諭	悅讀館	戚建邦	9789866815706	320	250
筆世界1~4（完）	悅讀館	戚建邦			各220
天誅第一部　烈火之城卷（上）、（下）	悅讀館	燕壘生			各240
天誅第二部　天誅卷一～卷三（完）	悅讀館	燕壘生			各250
天誅第三部　創世紀卷一～卷三（完）	悅讀館	燕壘生			共810
伏魔　道可道系列 1	悅讀館	燕壘生	9789867450630	168	139
辟邪　道可道系列 2	悅讀館	燕壘生	9789867450647	168	139
斬鬼　道可道系列 3	悅讀館	燕壘生	9789867450722	224	180
搜神　道可道系列 4	悅讀館	燕壘生	9789867450739	224	180
道門秘寶　道可道系列番外篇	悅讀館	燕壘生	9789866815522	320	250
活埋庵夜譚（限）	悅讀館	燕壘生	9789867450333	224	200
仇鬼豪戰錄 套書（上下不分售）	悅讀館	九鬼	9789866815379		499
輪迴	悅讀館	九鬼	9789866815782	256	199
彌賽亞：幻影蜃樓 上下兩部	悅讀館	何弼＆櫻木川	9789867450609	240	各180

＊實際定價以各書版權頁爲準

銀河滅	悅讀館	洪凌	9789866815508	288	240
公元6000年異世界（新版）	悅讀館	Div	9789866815621	312	240
天外三國　全三部	悅讀館	Div			各180
陰陽路1～5	悅讀館	林綠			1190
夜城系列1～9	夜城	賽門．葛林	9789867450760	288	2438
影子瀑布	Fever	賽門．葛林	9789866815607	464	380
善惡方程式（上下不分售）	Fever	珍．簡森	9789866815478	842	599
熾熱之夢	Fever	喬治．馬汀	9789866473234	456	360
審判日	Fever	珍．簡森	9789866473357	592	420
光之逝	Fever	喬治．馬汀	9789866473203	384	320
魔法咬人	Fever	伊洛娜．安德魯斯	9789866473593	336	280
殺人恩典	Fever	克莉絲汀．卡修	9789866473760	400	299
魔法烈焰	Fever	伊洛娜．安德魯斯	9789866473746	352	299
魔法衝擊	Fever	伊洛娜．安德魯斯	9789866473999	352	299
守護者之心　秘史系列1	Fever	賽門．葛林	9789866157011	416	350
惡魔恆長久　秘史系列2	Fever	賽門．葛林	9789866157219	464	350
火兒　恩典系列2	Fever	克莉絲汀．卡修	9789866157202	384	299
作祟情報員　秘史系列3	Fever	賽門．葛林	9789866157233	352	299
魔印人	Fever	彼得．布雷特	9789866157325	512	399
錯亂永生者　秘史系列4	Fever	賽門．葛林	9789866157424	336	299
歲月之石　卷1～6	阿倫德年代紀	全民熙	9789866473364	360	1794
符文之子 卷一～卷七	符文之子1	全民熙			
德莫尼克 卷一～卷八	符文之子2	全民熙			
移獵蠻荒1-25（完）	無元世紀	莫仁		192	各160
戀光明　全四部	into	戚建邦	9789867929068	320	各240
殛天之翼1：鋼之翼・空之心	into	陳約瑟	9789867929129	320	240
若星漢第一部～第三部（完）	into	今何在			各250
海穹系列 全五部	into	李伍薰			240
魔道御書房：科／幻作品閱讀筆記	知識樹	洪凌	9789867450326	240	220
有關女巫：永不止息的魔法傳奇	知識樹	凱特琳&艾米	9789867450548	256	220
從九頭蛇到九尾狐	知識樹	王新禧等著	9789866815430	192	180
阿宅的奇幻事務所	知識樹	朱學恒	9789866815492	256	199
新的世界沒有神	朱學恒作品集	朱學恒	9789866473302	304	260
宅男子漢的戰鬥	朱學恒作品集	朱學恒	9789866473982		260
魔法世界之旅	知識樹	天沼春樹＆水月留津	9789866473241	240	220
超級英雄榜	知識樹	張清龍	9789866157370	208	280
柯普雷的翅膀	畫話本	AKRU	9789866815935		240
吳布雷茲．十年	畫話本	Blaze	9789866473289		480
魔廚	畫話本	爆野家	9789866473609		200
北城百畫帖	畫話本	AKRU	9789866157028		240
邢大與狐仙（上）	畫話本	艾姆兔M2	9789866157226		220
上上籤	畫話本	YinYin	即將出版		
CCC5 城市大冒險	CCC創作集		9789860269598		220
CCC6 百年芳華：台灣女性百年風貌	CCC創作集		9789860280197		220
古本山海經圖說　上卷、下卷		馬昌儀			各550
聽說	小說電影館	簡士耕	9789866473371	208	199
愛你一萬年	小說電影館	簡士耕	9789866473944	256	250
初戀風暴	小說電影館	簡士耕	9789866157103	256	199
竊明 卷一	小說歷史館	灰熊貓	9789866157394	304	250
再見，東京 1～4（第一部完）	明毓屏作品集	明毓屏			各250

＊實際定價以各書版權頁爲準

國家圖書館出版品預行編目資料

殺意／護玄 著.——初版.
——台北市：蓋亞文化，2011.08
面； 公分.（案簿錄：1）
ISBN 978-986-6157-54-7（平裝）

857.83 100014121

悅讀館 RE129

案簿錄 壹

殺意

作者／護玄
插畫／AKRU 封面設計／克里斯
出版社／蓋亞文化有限公司
地址◎ 台北市103承德路二段75巷35號1樓
電話◎（02）25585438 傳眞◎（02）25585439
部落格◎ gaeabooks.pixnet.net/blog
臉書◎ www.facebook.com/Gaeabooks
電子信箱◎ gaea@gaeabooks.com.tw
投稿信箱◎ editor@gaeabooks.com.tw
郵撥帳號◎ 19769541 戶名：蓋亞文化有限公司
法律顧問／宇達經貿法律事務所
總經銷／聯合發行股份有限公司
地址◎ 新北市新店區寶橋路二三五巷六弄六號二樓
電話◎（02）29178022 傳眞◎（02）29156275
港澳地區／一代匯集
地址◎ 九龍旺角塘尾道64號龍駒企業大廈10樓B&D室
電話◎（852）2783-8102 傳眞◎（852）2396-0050
初版十二刷／2021年8月
定價／新台幣 220 元
Printed in Taiwan

ISBN／978-986-6157-54-7

殺意 さつい。

蓋亞文化　讀者迴響

感謝您在茫茫書海中選擇了蓋亞，您的支持是我們最大的動力。
不要缺席喔，讓我們一起乘著夢想的羽翼，穿越時空遨遊天地！

姓名：　性別：□男□女　出生日期：　年　月　日
聯絡電話：　手機：
學歷：□小學□國中□高中□大學□研究所　職業：
E-mail：　（請正確填寫）
通訊地址：□□□
本書購自：　縣市　書店
何處得知本書消息：□逛書店□親友推薦□DM廣告□網路□雜誌報導
是否購買過蓋亞其他書籍：□是，書名：　□否，首次購買
購買本書的動機是：□封面很吸引人□書名取得很讚□喜歡作者□價格便宜□其他
是否參加過蓋亞所舉辦的活動： □有，參加過　場　□無，因爲
喜歡出版社製作什麼樣的贈品： □書卡□文具用品□衣服□作者簽名□海報□無所謂□其他：
您對本書的意見： ◎內容／□滿意□尚可□待改進　◎編輯／□滿意□尚可□待改進 ◎封面設計／□滿意□尚可□待改進　◎定價／□滿意□尚可□待改進
推薦好友，讓他們一起分享出版訊息，享有購書優惠 1.姓名：　e-mail： 2.姓名：　e-mail：
其他建議：

◎請沿虛線剪開、對摺、裝訂後寄出

◎請沿虛線剪開、對摺、裝訂後寄出

廣告回信 郵資免付
台北郵局登記證
台北廣字第00675號

TO：蓋亞文化有限公司　收

103 台北市承德路二段75巷35號1樓

GAEA

GAEA